阅读迷 系列丛书

天空没有翅膀的痕迹

丛书主编＼严岘龙＼白辛农

U0826839

PK快乐版A

山东出版集团
山东教育出版社

图书在版编目(CIP)数据

天空没有翅膀的痕迹/严岘龙等主编.—济南:山东教育出版社,2008
(阅读迷系列丛书.PK快乐版;A)
ISBN 978－7－5328－5682－4

Ⅰ.天...　Ⅱ.严...　Ⅲ.散文—作品集—中国—当代
Ⅳ.I267

中国版本图书馆CIP数据核字(2008)第046560号

阅读迷系列丛书
主编　严岘龙　白辛农
PK快乐版　A
天空没有翅膀的痕迹

主　　管:山东出版集团
出 版 者:山东教育出版社
(济南市纬一路321号　邮编:250001)
电　　话:(0531)82092664　传真:(0531)82092625
网　　址:http://www.sjs.com.cn
发 行 者:山东教育出版社
印　　刷:山东临沂新华印刷物流集团有限责任公司
版　　次:2013年5月第1版第3次印刷
规　　格:787mm×1092mm　16开本
印　　张:12.75印张
字　　数:224千字
书　　号:ISBN 978－7－5328－5682－4
定　　价:20.00元

(如印装质量有问题,请与印刷厂联系调换)
(电话:0539—2925659)

编委会

BIAN WEI HUI 》〉

丛书主编： 严岘龙　白辛农

本册主编： 王玉霞　刘　炯　孟　芸

本册编委： 田丽娟　王红霞　朱秀红　翟存方　安春巧　赵国栋　张俊辰　郑秀芹　宋玉发　魏晓静　张　燕　李凤銮　张安全　王伟丽　袁占斌　石奇江　王云峰　任秀中　李　娟　白　雪　李桂花　王　刚　韩安平　杨　驰　郑国强　刘　燕　王　志　俞宇茂　樊吉伟　贾力武　李　强　郑振茹　曹立巍　王玉霞　刘　炯　王　峰　王晓敏　齐春芹　苏昌怀　张贵子　刘　昱　石泉新　魏继发

责任编辑： 温玉川　孙光兴　李岸冰　刘卫红

目录

这个世界的真实与美好

2 天空没有翅膀的痕迹

3 时间不等任何人

4 成功原来就这么简单

5 爱如春花灿烂

6 快乐的心灵常开花

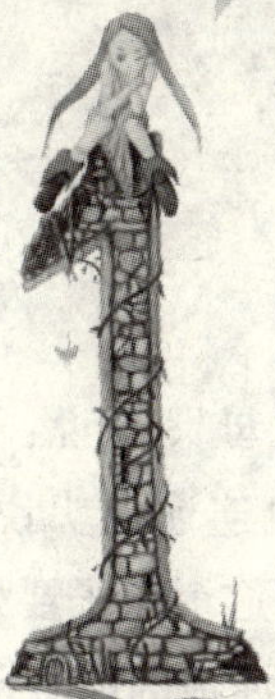

1 这个世界的真实与美好

更多的时候，我们看到的世界，是它浩大而琐碎的表象。而一些人的心底，一些事情的真相，却藏在岁月的背后，我们无法感知。直到有一天，当我们真正抵达这些人的心灵，接近了事情的真相之后，才发现，我们对生命的了解竟是那么肤浅，那么简单。他们的心底，深藏着的苦痛，深埋着的善良，深掩着的真爱，深蓄着的大义，我们竟毫不知晓。所以，只有岁月的河流在喧响中沉寂下来，在翻滚中平静下来，一切水落石出之后，我们才会真正理解一个生命，懂得一颗心灵，才会明白这个世界赋予我们的真实与美好。

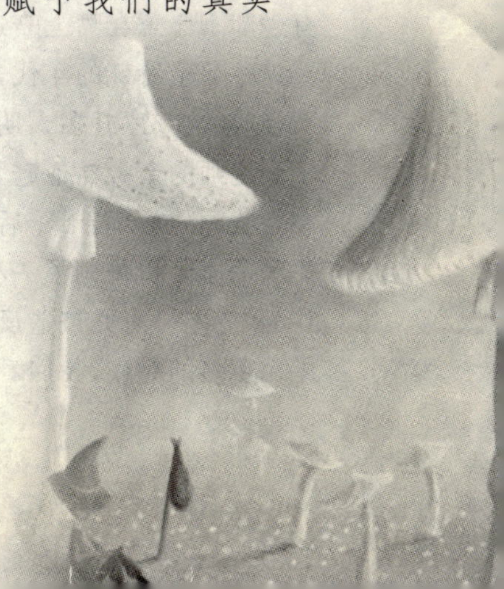

藏在岁月背后的心灵

马 德

一个品学兼优的孩子，离家出走了，出乎很多人的预料。孩子的父母哭着说：不可能，我知道我的孩子，他懂事听话，怎么会离家出走呢？孩子的老师也连连摇头说：不可能，我清楚我的学生，他那么优秀，怎么会离家出走呢？只有一个与这个孩子要好的同学说：他出走，是早晚的事情，因为大家只知道他的优秀，却少有人真正懂他的内心。

记者采写了这样一个报道，说有一对相依为命的母子，儿子患了重病，就在母子俩无法坚持下去的时候，一个素不相识的下岗工人竟然毫不犹豫拿出积蓄，帮助了他们。好多人不相信，觉得记者是在编造。记者笑了，说，开始得知这个线索的时候，我也有些不相信，然而，采访过程中，采访到了这位下岗工人的一个战友，我问，是什么原因能让一个下岗工人拿出养家糊口的微薄积蓄来帮助别人，哪料这位战友只说了一句话：不为什么，他就是一个这样的人，别人有难的时候，根本顾不上自己！

电视里，正在演一档“知心爱人”的节目。有这样一个环节，是男女穿着结婚礼服，互相攥着对方的手当场求婚，并倾吐心中想说的话。女的说，本来我是下决心要与你断绝关系的。有一次，我切菜的时候，伤了手，我向你说了，我想得到你的呵护，不料你非但没有关心我，反而黑着脸吓唬了我半天，那一刻，我心凉到了极点。因为在我想来，我爱的人，应该是一个懂得用一辈子的时间来疼我的人，哪料到，你竟然这样！直到有一天，我在你的日记中看到了你关于这一段事的记述。你说，你在那一刻，心疼得要命，嘴上却是不尽的责备。我才明白你在心底是爱我的，你是那种心底有爱却不愿意在嘴上表达出来的人。说完后，两个人热泪盈眶，紧紧拥抱在一起。

在那个特殊的年代，一个人被打成“反动学术权威”，后来含冤致死。他死后，基于当时的形势，好多人明哲保身，不敢前去吊唁。唯有他的一个学生不管不顾地去了。老师的亲人劝他赶紧离开，以免因此招致不测。这个学生笑笑，说，没事，没有人在意我。然而，若干年后，人们才知道，就是这位学生，为了是否去吊唁恩师，曾经在恩师的家门口徘徊了一小时左右，因为当时有人正监视着他。等到他从老师家回到住处，竟差一点儿被造反派打死。

更多的时候，我们看到的世界，是它浩大而琐碎的表象。而一些人的心底，一些事情的真相，却藏在岁月的背后，我们无法感知。直到有一天，当我们真正抵达这些人的心灵，接近了事情的真相之后，才发现，我们对生命的了解竟是那么肤浅，那么简单。他们的心底，深藏着的苦痛，深埋着的善良，深掩着的真爱，深蓄着的大义，我们竟毫不知晓。所以，只有岁月的河流在喧响中沉寂下来，在翻滚中平静下来，一切水落石出之后，我们才会真正理解一个生命，懂得一颗心灵，才会明白这个世界赋予我们的真实与美好。

佳句回味

◎ 更多的时候，我们看到的世界，是它浩大而琐碎的表象。而一些人的心底，一些事情的真相，却藏在岁月的背后，我们无法感知。

◎ 理解一个生命，懂得一颗心灵，才会明白这个世界赋予我们的真实与美好。

阅读心语

没时间，没空啊，现代人总是用这种话假意推托。友情变得很淡很淡，亲戚间变得很俗很俗，没有人愿意多去了解他人一点，世界拥挤成这样，回望灵魂的时间越来越少。别说是他人了，就连自己都不大关注自己，灵魂什么时候掉了，恐怕也不知道。

哲人说，世界不是缺少美，而是缺少发现美的眼睛。眼睛也不是因为近视，远视，或者视而不见，根本是你的心想不想去看，去发现，去了解。如果没有这样迫切要求的心，即使在你面前是宝也会被看成草。佛法云：天地万物，在乎一心。

（郑国强）

品味生命

云　山

生命犹如一叶扁舟，航行在人生的茫茫大海之中，这条航道上既有一帆风顺的时候，也布满了暗礁和险滩。生命之舟既要接受每个朝霞和夕阳的拥抱，也会历经一次次急流险滩的考验。

生命还如同一棵美丽的果树，在早春的日子里孕育着希望，经过雨露的滋润和阳光的抚慰，在秋天为世界奉献着香甜的果实。生命之树既要接受阳光雨露的润泽，也要历经一次次狂风暴雨的洗礼。

我还觉得生命是一曲旋律，有高有低，有起有落。有志者，即使身在黄昏之中，也会奏响充满希望的乐曲。

生命最苛刻之处，就在于它会走向死亡。只要有死亡，再长久的生命也会显得短暂，辉煌尽头终归是永恒的黑暗。我曾经读过这样一篇文章，文章写的是耐人寻味的倒计时，说的是非洲有个民族，婴儿刚生下来时，就定为60岁，以后逐年减少，直至零岁，人生大事都得在这60年完成，此后的岁月便颐养天年了。这个绝妙的计岁方法，清楚地提醒人们人生短暂，时光有限，人们在享受生命的同时其实也在挥霍着她。

既然我们无法使生命永恒，那么只好试图延长她的长度。因此，珍惜健康、关爱生命就显得十分重要。关爱生命，就不要因为遭受了一点点挫折便垂头丧气，一蹶不振；关爱生命，就不要在麻将桌前一坐一个通宵，使自己的生命白白地浪费掉；关爱生命，就不要无证驾驶或酒后上路，危害自己和他人的健康；关爱生命，就不要大吃大喝，而要讲究营养平衡；关爱生命，就要树立远大志向，力图让生命的价值得到升华；关爱生命，就应该知道一切生命的伟大之处，在于奉献，在于创造，而不在于索取和回报；关爱生命，就要知道，来日不多，该做的事情应该赶紧去做。

佳句回味

◎ 生命最苛刻之处，就在于它会走向死亡。只要有死亡，再长久的生命也会显得短暂，辉煌尽头终归是永恒的黑暗。

◎ 既然我们无法使生命永恒，那么只好试图延长她的长度。因此，珍惜健康、关爱生命就显得十分重要。

阅读心语

"死是一件不必急于求成的事，死是一个必然会降临的节日"——史铁生。

生命是一个过程，更是一种状态；生命可以无比坚强，却又极其脆弱。不管怎么说，生命都确定有一个尽头——死亡。很多人害怕死亡，其实那不是害怕“死亡”本身，而是惧怕“未知”。没有“人”了解自己死后会面对什么、经历什么。于是有了搞笑的小品中的经典演绎：“我不想知道我是怎么来的，我就想知道我是怎么没的！”抓住眼前实实在在的生命，享受精彩的生命历程；一味追究死后的事情才是真正可怕的“等死”！

（陈曦）

我一直没法忘记

刘燕敏

一年一度，最受法国人关注的高考作文，不是出自“语文”试卷，而是出自“哲学”试卷。从形式上看，“哲学”之于法国高考，好比“政治”之于中国高考。法国高中三年，哲学都是必修课。高考分三个方向——文科、理科和经济社会，不论选哪个方向，都要考哲学。他们的中学生，高二学年结束时，先把法语（也就是“语文”）考过，其他必考和自选科目，高三下半学期陆续进行。“哲学”是6月份必考科目的第一科，4个小时写一篇两三千字长文，正式拉开高考序幕。考题一公布，立刻成为新闻媒体报道评论的热点，哲学家和作家也被邀请出来答题——就像咱们的高考作文题。

在法国，专业方向不同，作文卷也不同。法国本土、各法属海外省和海外领地考试时间不同，考卷不同。每张哲学试卷都是三个题目，供学生任选一个回答——所以他们每年一高考，就会冒出几十道哲学作文题。

他们的哲学作文题有两种形式：一种是非常精炼的一句话提问，考生作文回答；另一种是给一段10～20行的哲学论著摘选，考生作文评论。

一句话提问如：

——我们能对自己说谎吗？

——激情可以成为借口吗？

——他人在场能帮我们避免孤独吗？

——如何判断一个事件是历史性事件？

为什么让学生思考这些问题？法国教育部的哲学教学大纲说，哲学课的目的是

"给学生进行哲学文化启蒙，培养他们批判性思考的能力。哲学教育不是为了把知识和信息当做材料传递给学生，而是帮助学生理解他们所处的世界，最终让学生走向自由思考"。

法国的出版社每年也出"高考试题解析"。他们这些参考书，序言都有简短说明，告诉学生，这个学科为什么"可爱"，为什么值得学习。

哲学参考书分析作文题，先从基本概念入手。参考书继续分析题目里面是否暗藏陷阱。比如"我们可以对自己说谎吗"，参考书说，这个"可以"，就既可以理解成"能不能够"，也可以理解成"应不应该"，从不同角度去理解，做出来的文章截然不同。比如"激情可以成为借口吗"，使用了"借口"这个词，暗含着一个判断，即激情是个不好的东西，是要对不好的事实负责。

法国教育部对哲学教育要求很高，但法国高中生对哲学作文的喜爱程度不一样，成绩也不平均。针对不同方向的考生，哲学水平要求有高有低。他们考试满分20分，8分以下可以口试补考，补考之后10～12分就算通过，12～14分是足够好，14～16分就是优，16分以上就很难得了，满分那几乎是不可能的。

一个读地质的学生告诉我："我们那些同学对哲学，有的非常喜欢，有的一点都不喜欢。我就是一点都不喜欢，考试只得了几分。但是这有什么关系。我高中的哲学老师最喜欢我们在课堂上反驳他，我的反驳方式就是不理睬他。哲学叫人爱智慧，智慧那么多，我最爱关于地球和岩石的那一部分。"他还告诉我，他记得当年的考题是"科学是为什么服务的"。另一位在银行工作的朋友，哲学考试也不及格，后来口试补考，题目是"如果是你，你会往广岛长崎扔原子弹吗"，他说："我也没答好。但这个题目，我一直没法忘记。"

佳句回味

◎ 哲学教育不是为了把知识和信息当做材料传递给学生，而是帮助学生理解他们所处的世界，最终让学生走向自由思考。

阅读心语

哲学乃万物之学，没有哪一门学科能像哲学这样囊括了一切智慧。正因为哲学具有高度概括性和系统性，它也是一门最抽象的学科，一旦读懂就等于接触了人类最精深的智慧。

哲学的最大益处，在于教会我们运用知识，因为知识本身并不会教会人如何去运用它们，运用学问是学问之上的一种本领，哲学的妙处在于教会你如何思考、利用学问去解决问题。

哲学还是一门高度浓缩思维的学科，它去掉了万物纷繁复杂的表象，抽出其本质。这一过程是需要大智慧的，所以那些哲学家们思考问题的方式非一般人能够理解。

总之，哲学是一门非常有用的学科，你不妨去读一些哲学方面的书籍。

（汪增发）

青春无罪

张晓枫

今天收到一封寄自美国的邮件，是我曾教过的学生李春林寄来的。打开邮件，里面是似曾见过的一本美术杂志。翻开杂志，里面夹着一封短信："张老师您好！虽然我很不愿提及那件事，但那件事却始终在折磨着我。今天，我终于鼓起勇气告诉您，那粒黑扣子是我的，您能把它还给我吗？我将永远珍藏，我也把您的这本杂志还给您。谢谢您的善良和宽容，您是我一生中遇到的最好的老师。祝您永远幸福。"我的抽屉里曾经放着一粒黑扣子，后来被我扔掉了，但我没有想到是李春林的，要知道他可是我们学校的骄傲啊——他是我们学校出来的第一个重点大学毕业并出国留学的学生。

那是十年前的事了。一天早上，我刚起床，学校里打来电话，说我的办公室被盗了，让我快去学校检查一下我丢了什么贵重东西。我匆忙去了学校，到学校一看，我的办公室前围了好多人，看来这成了学校的头号新闻。校长向我介绍了一下情况，说是早上发现我办公室的窗户开着，窗户上的玻璃也碎了，往里一看，办公桌被撬了。我打开房门，进去整理我的东西。桌上的东西被翻得很乱，两个抽屉的锁都被撬开了，奇怪的是里面的三十块钱还在。校长说，你看看少没少值钱的东西，要是少了咱就报案——肯定是住校的学生干的，一定能查出来。我努力回忆着，好像并没有少什么东西。我一件件整理着抽屉里的东西，对了，少了一本书。我对校长说，没少什么，只是丢了一本美术杂志。和我相邻办公室的王老师说，一定是那本有裸体画的。我点点头，那本杂志里有一幅非常美的少女裸体油画。有时候，我教学生画画的时候在教室里欣赏上面美丽的艺术作品，有的调皮的学生也会偷偷地看几眼。王老师说，肯定是住校的男生干的，小小年纪，思想品质就这样坏。我说，爱美之心，人皆有之嘛，这不能和思想品德联系到一块儿，我看这件事就算了。校长对我的话不以为然，表示一定要严肃处理。

校长围着我的办公室转了好几圈，在寻找着"作案者"留下的蛛丝马迹。我去上课了，下课回来他们说发现了一个重要线索。校长手里拿着一粒黑扣子，说是从我窗户边发现的，一定是"作案者"翻窗户时被挂掉的。住校生来不及回家换衣服，根据这线索一定能查出来。我想，这个男生或许是出于对美的欣赏，或者出于对异性的好奇，一时冲动做出了这样的傻事，如果真查出来，说不定会使他背上沉重的思想包袱而影响他的一生。我说，这是我裤子上的扣子，我找了几天了。校长将信将疑，但还不至于去检查我的裤子。扣子的线索被我排除掉后，就再也没有什么有价值的线索了，校长查了一番，没有什么结果，事情就不了了之了。

当时谁也没有想到是李春林干的。李春林是学习尖子，品行很好，性格内向，是老师们公认的好学生。他的美术并不好，和我交往也不多。那时他们已经中考，按照学校的安排，他们的美术课全改成了自习。上和美术无关的自习课时间是很难熬的，我每次都拿一本美术杂志来看，借以打发无聊的时间。有时候，我会为里面优美的艺术作品陶醉，等到下课铃响的时候，才发现我的身后有好几双眼睛在窥视着我手中的杂志。

我又找了一粒黑扣子，还给他画了一幅画，一同寄去了。画面上是一个少年，睁着一双好奇而又羞涩的眼睛在寻找什么。我还在画上写了四个字：青春无罪。

佳句回味

◎ 青春期的孩子犹如小树苗，需要不断扶助和督促才会健康成长，宽容孩子的过错，并用适当的方法帮助他们向善向美，才不会折断幼苗。

阅读心语

善良的老师为犯错的孩子保留了尊严。事隔多年，功成名就的学生写信"自首"，其实他早已得到原谅，甚至已被遗忘。

青春无罪，这其中饱含着怎样的宽容之爱啊。青春很美好，并不意味着青春不犯错，连阳光都会产生阴影，更何况生活？

我记得小时候外婆会用绳子和棍子把小树苗绑起来，后来才知道这是为了小树将来长得笔直粗壮。青春期的孩子犹如小树苗，需要不断扶助和督促才会健康成长，宽容孩子的过错，并用适当的方法帮助他们向善向美，才不会折断幼苗。

（程锦维）

苦难是化了妆的幸福

张　路

18岁的时候她曾想选择死亡

那一年，18岁，刚刚从中专的美术专业毕业；那一年，一家要辗转回到北京(父母是知青)；那一年，开始了一家四口挤在舅妈家的一间筒子楼的生活，那是在两居中的一间，13平方米。每天，李琪从楼外小贩喧哗的叫卖声中醒来，听着隔壁住户来来回回忙碌走动和锅碗瓢盆丁冬作响的洗刷倒水声。

周围的环境，除了陌生，只有陌生。此时唯一的精神寄托就是书信，生活巨大的反差让她烦闷不已，而偏偏这个时候，一个给李琪很大精神安慰的朋友突然辞世，最坚强的一根支撑心灵天空的柱子就这样倒塌，她在那段时间竟然想到了死亡。

也许是上天眷顾她，令她在此时找到了一份音像店的工作——当有音乐存在的时候，她会暂时忘记死亡。

音乐，如此美妙，它是生命之意义的一种吧，倘若要在“死”前为这一生留下一样有意义的东西，那就做做音乐吧！那么，怎么做？做歌手？难。做乐队？要多耗费资本。那么，写词吧，只需一张纸一个大脑就够了，不需要任何乐器，不需要任何设备，不需牵扯他人。“我当时就想，我给自己三年的时间，如果三年后什么也搞不出来，再死也不迟！”

屋里也太吵，就将开放式阳台改成了封闭式的，然后在阳台里支了一个木板床，天气不冷的时候她就住在那里，就这样，她在阳台上开始了自己的创业，并且常常要从夜幕初降写到凌晨三四点。她的视力从此开始下降，到最后竟成了千度以上的大近视。筒子楼里常年没有暖气，在冬天时只好穿上厚厚几层衣服外加羽绒服，腿上盖着毯子，想必她后来的腰椎间盘突出就是这时落下的病根。如果没有灵感，李琪就要跟自己过不去，饭也不吃，水也不喝，逼迫着自己一定要写，无论如何，只有写出了以后才能去解决温饱问题。

她就这样怪里怪气地在阳台上度过了三年，那几乎是向死而生的三年，是一个女孩用死对抗残酷青春的三年，并没有想过所谓成功，不过是想寻求些许快慰。

第一回卖出 1500 元的词

终于，李琪熬到跟自己约定的三年时限。那天，她看到报纸上有音乐工作室征集词曲的广告，便拿着自己筛选出来的一百多首词，来到了位于北京青年宫的一个工作室。工作室的负责人翻看着李琪带来的一百多首词，沉默良久，而后非常自信地抬眼跟李琪说：“你的这些词谁也别给，我一定帮你卖出去。”

但终究不可能就这样轻松把词卖出去。几个月之后，李琪看那边工作室迟迟没有动静，又带着自己的词去见当时还没有出名、如今是国内最著名的两人组合中的其中一人，并留下很多词。几个月的时间里，通过此人，相继有人找到李琪……1998 年底，在一个朋友的引荐下，李琪终于得到了第一次填词的机会，卖出了第一首词《不要从记忆中离开》。她花了一晚上的时间填写好，后被收录在满江的第一张专辑里。当她拿着那卖词得来的 1500 元报酬时，心里并没有更多的欣喜，反倒很平静，那三年间熬到东方泛白的时光，那些因为痛而抒发出的感慨，她原本以为自己会心情波动，那一刻却很淡然。

不同的眼光里相同的自己

李琪一直在以自由作词者的身份接触音乐圈，她从未想过要炒作自己，并且也有过“如果变坏即可成名”的机会，但她一直恪守自己的原则，仍然清苦地写词，清苦地生活。2003 年，李琪加入了歌唱家朱明瑛的明瑛唱片公司，开始从企划——市场（兼演艺）——平面宣传一路做到宣传统筹，并参与填词制作。

但是，李琪没想到，由于自己常年在阳台伏案写词而让身体各器官闹出的毛病此时一个又一个地找上门来。每当后半夜三四点钟想睡觉时，"一躺下便头晕眼花，天旋地转"；而她的脊椎甚至到了动也无法动的境地，坐在椅子上不能动，躺在床上更是翻不了身。那个时候李琪要靠吃"芬必得"来缓解疼痛，可是日子久了什么止痛药都不管用了，而写市场计划书、策划案和写词更加重了她的病情，熬夜比不生病时还甚，常常第二天脸色灰灰地继续上班甚至经常在公司通宵工作。

虽然现在天凉时腰腿还会微微疼，但李琪毕竟挺过来了。因为经历过病痛的折磨，所以她会更珍惜健康时的每一分钟，每当自己玩了游戏之后总要自责一番；几天写不出来词就觉也睡不成；常常在做梦的时候梦到自己醒来都会惊叹的词，她的枕边放着笔和纸，生怕漏掉了每一个迸发出的灵感。

李琪为盛大的著名游戏《传奇》填写的歌词《传奇世界》也许就是她的内心写照："规则已被叛逆，抛开世俗的顾虑，承受所有的悲喜，继续存在的意义"，"传奇的世界里，谁叱咤风云，未知的命运有已知的结局；传奇的世界里，谁三头六臂，内心的自我里，骄傲地站立；传奇的世界里，谁又是真理，不同的眼光里相同的自己"。

佳句回味

◎ 传奇的世界里，谁叱咤风云，未知的命运有已知的结局；传奇的世界里，谁三头六臂，内心的自我里，骄傲地站立；传奇的世界里，谁又是真理，不同的眼光里相同的自己。

阅读心语

李琪在苦难中挣扎、灰心、疼痛，但是最后，却于苦难中开出了希望的花朵。苦难是化了妆的幸福，懦弱的人会因害怕而不敢抗争，灰心的人等不到它卸了妆就早已放弃，唯独那些忍耐、坚忍的人，才最有资格得到幸福。

坚强的人面对苦难，就像一首歌里唱道：如果骄傲没被现实冷冷拍下，又怎会懂得要多努力才会走得到远方；如果梦想不曾在悬崖千钧一发，又怎会晓得执著的人有隐性的翅膀；把眼泪种在心里，会开出勇敢的花……

（刘然）

嘘……请小声点

白 兰

在澳大利亚的许多公共场所，家长们对子女经常要做这个动作：将右手食指放在嘴上“嘘……”这时，哪怕最好动的孩子，也会立刻安静下来。

其实，从孩子咿呀学语起，澳大利亚的家长便开始了“公众场合不能高声大喊，以免影响他人”的教育。但孩子有时高兴起来可能忘记这一训诫，这时，家长的提醒就显得十分必要。有一次，我到华人聚居区的坎布斯图书馆正翻看《小熊维尼》画册，一位金发碧眼的小男孩趋前对我说了一句话，声音小得近乎耳语，我听了两遍也没明白。“这本书您看后请交给我。”也许是他重复时稍稍提高了嗓门，他的妈妈便做了一个“嘘……”的表示，男孩当即缄口，改用手势，直到我明白为止。

这种场景在澳大利亚随处可见，有时有形有时无形，有时有声有时无声。记得刚刚落户悉尼郊外贝尔蒙镇的一幢双层公寓楼时，由于还没进入“异国他乡”的特定角色，进进出出仍像在国内时那样爱哼唱。那日，正哼着《铃儿响叮当》走下楼梯，却见楼下的英裔老太太惊异地从屋里探出头来，随即，她腋下又钻出两个好奇的小女孩，这时，我方才醒悟：“吵着邻居了。”马上掐断了歌声。

难怪老太太莫名惊诧，虽是近邻，但平日里，我们绝对听不到她那两个活泼可爱的孙女高声说话(当然也包括她)，除在草坪上追逐玩耍时“放声”外，其余时间竟如“人间蒸发”似的悄无声息，就连晚上看电视也是只见电光闪，不闻人语声。据老太太说，为使孙女养成良好习惯，她把英国伊丽莎白女王致孙女的“行为礼仪”张贴在自家墙上，要求两个孩子参照执行。这些条款多达32项，但印象最深的，还是有关“声音”的规范，比如“就餐时，咀嚼食物尽可能闭合嘴，不发出大的声响，不高声说笑，不可嘴里塞满食物同时说话”；“进入安静场合脚步要轻，避免在公共场所大声说话、咳嗽或动作发出很大的声音”等等。

如此的家教影响，使“公共场所高声说话会侵犯他人权益”的观念，逐渐融入孩子们的血液，即使他们单独外出，也能自觉控制声响。某日我们在“麦当劳”就餐，只见一群孩子正举行生日聚会。温馨的祝福，美丽的蛋糕，摇曳的烛光，尖尖的生日礼帽，花朵般绽放的笑脸，都给人以强烈的视觉冲击。但有趣的是，联欢会没有“响”声，孩子们用手势和眼神“交谈”着，还不时以水代酒碰杯祝贺，偌大的餐桌上竟听不到什么声音，如果不是服务小姐邀请在场的顾客与他们同唱生日歌，祝贺“小寿星”的生日，你会误以为这是一群“聋哑”孩子呢。

由于成年人的言传身教，孩子们一旦被噪音“侵扰”，也知道自我保护。年初，我们那条街搬来一户韩国人，为庆祝乔迁之喜，他们在自家花园里举办了一次盛大的露天聚会，远近的韩国侨民带着礼物前来道贺。主人殷勤，客人高兴，大家在屋后的大草坪上载歌载舞，喝酒聊天，气氛热烈得就像开了锅的水。谁知晚上 10 时刚过，便听到尖厉的警笛声由远而近，警车抵达后，韩国人因“噪声污染”影响左邻右舍的正常生活，被带到警署罚款，并写下保证书后才被放回。事后得知，原来是韩国人的小邻居、12 岁的孩子查理报的案：“我明天清早还要上学，你侵犯了我的休息时间，我不能不管！”

佳句回味

◎ 如此的家教影响，使“公共场所高声说话会侵犯他人权益”的观念，逐渐融入孩子们的血液，即使他们单独外出，也能自觉控制声响。

阅读心语

“嘘……”虽然只是一个小动作，却折射出澳大利亚人在公众场合不干扰他人的家教理念，从大的方面说，它有利于社会生活的有序进行，从小的方面看，它是孩子们成长历程中的道德教化。

尽管“国与国不同，花有几样红”，但我们的家长们是否也可以学学这种方法，以养成孩子们在公众场合不干扰他人的良好习惯？而我们的同学，是否也应该学习澳大利亚孩子心中有他人的美德？

（刘罡）

人性的善良

雪小禅

一个旅游团坐竹排游览，突然一个浪头打来，竹排翻了，上面的十几名游客全落入了水中，其中有一对新婚的夫妻，也有抱着孩子的女人，还有银婚的老夫妇……竹排上的人，会游泳的人只有一个人，他就是那个新郎。几乎出于本能，他抓住了离自己最近的女人，女人的手里，还有始终没有放手的孩子。

再下水，还是救了能抓到的人，等到他救到第五个人时已经筋疲力尽，自己新婚的不会游泳的妻子已经漂走了，再被打捞上来时，已是人世两隔。蜜月竟然成了隔世之旅。很多报纸采访他，问他当时是怎么想的？为什么先救的是老人、孩子和离自己最近的女人？为什么没有去救自己的新婚妻子？

记者们要的答案是别人的生命重于自己妻子的生命，他的行为多崇高多伟大。但是他说："没有想什么，大脑中一片空白，只知道救一个是一个，她就在我手边，难道我要抛弃这一个求救的人去游到远处找自己的妻子？一切不过出于我的本能。"

眼泪，差点为这句话落下来。

只是出于本能，人性善良的本能，没有想多崇高，在人命关天的一刹那，他能抓住一个生命就是一个生命，那一刻，人性闪出动人的光辉，并不是书本上那些人生理想可以教我们如何的。

还有一个故事，一个人贩子的故事。他拐了一个 4 岁的男孩儿，在火车上，男孩儿没有像其他孩子那样哭，一直叫着他叔叔，并且求着叔叔讲故事给他听。孩子说："叔叔，你是不是也给你的儿子讲故事他才睡觉？"

这句话打动了他，他亦是为人夫为人父的人，也有一个 5 岁的女儿，每天缠着他讲故事。只一个瞬间，他决定把孩子送回去，因为孩子那双眼睛那么信任地看着他，把他当做朋友一样。

很少有人贩子是善良的，但那次，是个例外，并且他去投案自首了。破案以后，除了他，案犯里所有人全是死刑，他被判了 15 年，但他终于解脱了。是一个孩子救了他，没有这个孩子，他早晚有一天也会被逮到，最后也会是死刑。确切点说，是自己的人生中残存的那点善良救了他，是那一点善良让他明白，最狠毒的人，也会有一丝柔软的地方。

佳句回味

◎ 只是出于本能，人性善良的本能，没有想多崇高，在人命关天的一刹那，他能抓住一个生命就是一个生命，那一刻，人性闪出动人的光辉，并不是书本上那些人生理想可以教我们如何的。

阅读心语

故事中，不论是那个先救老人、孩子和离自己最近的女人而没有去救自己新婚妻子的新郎，还是那个被孩子的话打动的人贩子，他们最终的行为都是人性善良的本能表现。不能责怪新郎在抓住生命那一刻闪出的光辉，不能轻视人贩子获得人性解脱的方式，人性的本能让他们做出了让心灵触动神经的举动。

世间固然有邪恶，可是人的本性中却永远也不会抹去那块善良的空间，哪怕只是一点点残存的善良。

（田丽娟）

改变人一生的火光

李阳波

也许你只付出一点点微不足道的爱，就可以改变一个人的一生。星星之火，可以燎原，而且星星之火，也可以照亮整个生命，也许就是一个不起眼的瞬间，奇迹就会发生。

那是一位老师告诉我的故事，让我自己明白：在人世间，其实不应该放过每一个能够帮助别人的机会，也许你早已忘记，但这种火光，却可以温暖一个个冷漠的心灵。

多年前的一天，这位老师正在家里睡午觉，突然电话铃响了，她接过来一听，里面传来一个陌生粗暴的声音:"你家的小孩偷书,现在被我们抓住了,你快来啊!"

她回头望了一眼正在看电视的唯一的女儿,心中立即就明白过来,肯定是有一个小孩因为偷书被售货员抓住了,而又不肯让家里人知道,所以,胡扯了一个电话号码,才碰巧打到这里。犹豫了片刻之后,她问清了书店的地址,匆匆忙忙赶了过去。

正如她预料的那样,在书店里站着一位满脸泪痕的小女孩,而旁边的大人们,正恶狠狠地大声斥责着。她一下子冲上去,将那个可怜的小女孩搂在怀里,转身对旁边的售货员说:"有什么事就跟我说吧,我是她妈妈,不要吓着孩子。"

在售货员不情愿的嘀咕声中,她交清了28元的罚款,将小女孩领到家中,好好清洗了一下,什么都没有问,就让小女孩离开了。临走时,她还特意叮嘱道,如果你要看书,就到阿姨这里,里面有好多书呢。

惊魂未定的小女孩深深地看了她一眼,便飞快地跑掉了,从此便再也没有出现。

多年以后,有一天中午,门外响起了一阵敲门声。当她打开房门后,看到了一位年轻漂亮的陌生女孩,露着满脸的笑容,手里还拎着一大堆礼物。

"你找谁?"她疑惑地问着,但小女孩却激动地说出一大堆话。原来她就是当年的那个小女孩,现在已经大学毕业,特意来看望她。

女孩眼睛泛着泪光,轻声说道:"虽然我至今都不明白,你为什么愿意充当我妈妈,解脱了我,但我总觉得,这么多年来,一直好想喊你一声妈妈。"

老师的眼睛也开始模糊起来,她有些好奇地问道:"如果我不帮你,会发生怎样的结果呢?"女孩的脸立即变得阴沉起来,轻轻摇着头说:"我说不清楚,也许就会去做傻事,甚至去死。"

老师的心中猛地一颤,望着女孩脸上幸福的笑容,她也笑了。

佳句回味

◎ 也许你只付出一点点微不足道的爱,就可以改变一个人的一生。

◎ 在人世间,其实不应该放过每一个能够帮助别人的机会,也许你早已忘记,但这种火光,却可以温暖一个个冷漠的心灵。

阅读心语

老师的善意帮助让小女孩脱离了困境，躲过了惩罚，但却明白了自己的过错，并将这种对老师的感激一直留存在心里。

帮助别人也许只是你的举手之劳。也许你早已淡忘曾经的付出和帮助，但对于被帮助的人也许可以改变一生。不要错过每一个能够帮助别人的机会，因为这一点点爱的帮助会让世界变得更美，温暖更多的心灵，照亮更多的生命。

（张安全）

有些人

张晓风

有些人，他们的姓氏我已遗忘，他们的脸却恒常浮现着——像晴空，在整个雨季中我们不见它，却清晰地记得它。

那一年，我读小学二年级，有一个女老师——我连她的脸都记不起来了，但好像觉得她是很美的。有哪一个小学生心目中的老师不美呢？也恍惚记得她身上那片不太鲜丽的蓝。她教过我们些什么，我完全没有印象，但永远记得某个下午的作文课，一位同学举手问她“挖”字该怎么写，她想了一下，说：“这个字我不会写，你们谁会？”我兴奋地站起来，跑到黑板前写下了那个字。

那天，放学的时候，当同学们齐声向她说“再见”的时候，她向全班同学说：“我真高兴，我今天多学会了一个字，我要谢谢这位同学。”

我立刻快乐得有如肋下生翅一般——我平生似乎再没有出现那么自豪的时刻。

那以后，我遇见无数学者，他们尊严而高贵，似乎无所不知。但他们教给我的，远不及那个女老师多。她的谦逊，她对人不吝惜的称赞，使我突然间长大了。

如果她不会写“挖”字，那又何妨？她已挖掘出一个小女孩心中宝贵的自信。

有一次，我到一家米店去。

“你明天能把米送到我们的营地吗？”“能。”那个胖女人说。

“我已经把钱给你了，可是如果你们不送，”我不放心地说，“我们又有什么证据呢？”“啊！”她惊叫了一声，眼睛睁得圆突突，仿佛听见一件耸人听闻的罪案，“做这种事，我们是不敢的。”

她说“不敢”两字的时候，那种敬畏的神情使我肃然，她所敬畏的是什么呢？是尊贵古老的卖米行业？还是“举头三尺有神明”？她的脸，十年后的今天，如果再遇到，我未必能辨认，但我每遇见那无所不为的人，就会想起她——为什么其他的人竟无所畏惧呢？有一个夏天，中午，我从街上回来，红砖人行道烫得人鞋底都要烧起来似的。

忽然，我看到一个衣衫褴褛的中年人疲软地靠在一堵墙上，他的眼睛闭着，黧黑的脸曲扭如一截枯根，不知在忍受什么？他也许是中暑了，需要一杯甘冽的冰水；他也许很忧伤，需要一两句鼓励的话。虽然满街的人潮流动，美丽的皮鞋走过美丽的人行道，但是没有人驻足望他一眼。

我站了一会儿，想去扶他，但我闺秀式的教育使我不能不有所顾忌，如果他是疯子，如果他的行动冒犯我——于是我扼杀了我的同情，让我自己和别人一样漠然地离去。

那个人是谁？我不知道，那天中午他在眩晕中想必也没有看到我，我们只不过是路人。但他的痛苦却盘踞了我的心，他的无助的影子使我陷在长久的自责里。

上苍曾让我们相遇于同一条街，为什么我不能献出一点手足之情？为什么我有权漠视他的痛苦？我何以怀着那么可耻的自尊？如果可能，我真愿再遇见他一次，但谁又知道他在哪里呢？我们并非永远都有行善的机会——如果我们一度错过。

那陌生的脸对于我是永远不可弥补的遗憾。

对于代数中的行列式，我是一点也记不得了。倒是记得那细瘦矮小、貌不惊人的代数老师。

那年7月，当我们赶到联考考场的时候，只觉得整个人生都摇晃起来，无忧的岁月至此便渺茫了，谁能预测自己在考场后的人生？想不到的是代数老师也在那里，他那苍白而没有表情的脸竟会奔波过两个城市在考场上出现，是颇令人感到意外的。

接着，他蹲在泥地上，捡了一块碎石子，为特别愚鲁的我讲起行列式来。我焦急地听着，似乎从来未曾那么心领神会过。泥土的大地可以成为那么美好的纸张，尖锐的利石可以成为那么流利的彩笔——我第一次懂得。他使我在书本上的朱注之外了解了所谓“君子谋道”的精神。

那天，很不幸的，行列式并没有考，而那以后，我再没有碰过代数书，我的最后一节代数课竟是蹲在泥地上上的。我整个的中学教育也是在那无墙无顶的教室里结束的，事隔十多年，才忽然咀嚼出那意义有多美。

代数老师姓什么，我竟不记得了，我能记得语文老师所填的许多小词，却记不住代数老师的名字，心里总有点内疚。如果我去母校查一下，应该不甚困难，但总觉得那是不必要的，他比许多我记得住姓名的人不是更有价值吗？

佳句回味

◎ 如果她不会写"挖"字，那又何妨？她已挖掘出一个小女孩心中宝贵的自信。

◎ 我们并非永远都有行善的机会——如果我们一度错过。

阅读心语

几个小故事，似乎没有什么特别的关联，却在述说着同一个主题：关于善良，关于人性。

总是对那些真诚而善良的老师们充满尊敬。在一个人的一生中，启蒙老师扮演的是何等重要的角色，他的一句话也许成就了一个学生的一生，也可能毁了一个孩子的一辈子。

"举头三尺有神明"，只要心中还有信仰，便能区分善恶，便愿意行善积德。善良不需要老师教导，但遇到一个善良的有责任心的老师绝对是一生的幸运。

（郑振茹）

至尊的独立

秦文君

人都是要长大要独立的。记得 14 岁那年我初次离家，参加学校组织的为期一个月的学农，也就是住在远郊的农民家里，与他们同吃同住。那时我怯怯的，有点像躲在松林里探头探脑的小松鼠，对未知的世界充满好奇、害怕。然而期满归来时，心里就有了点底气，我还特意去照相馆拍照为证。在照片上，我的神态有点老到，仿佛一个有阅历的人。我将它视为珍宝保存在厚厚的相册里，因为它是一个至尊的见证，记载着一个女孩的初次独立，并且预示着后面将尾随许多充满荣耀的词汇：羽毛渐丰、小荷露尖、青春年华……

后来我做了母亲，我很爱我的女儿小鸟，但却明白无论母女之间如何情深意切，我们仍然是两个独立的人。小鸟4岁那年，组织上顾及我繁重的写作任务，拨了一个寄宿幼儿园的名额给小鸟。那个幼儿园有草木葱郁的大花园，木梯子上铺着鲜艳的红地毯，一切都很完美。临行的那天夜里，我在灯下给小鸟准备行装，在她的小衣服、小被子上绣着名字。忽然，我扔下了针线，泪如泉涌：一个女孩小得连自己的用品都无法辨认、看管，那她如何表达心意，如何维护爱和尊严呢？独立是要有长长的准备的，是一种积淀后的崛起。终于，我们放弃了这个名额。

一晃，小鸟升中学了，被一家寄宿制学校录取，我再次为其准备行装。看着她六神无主的样子，我便把她所爱的物品通通装进行李箱。我其实是个重视精神生活的人，但我永远认可物质往往会对人产生奇效，对于一个走入陌生环境的女孩，携带的爱物能够慰藉她的心。临行前，小鸟在我的厚相册里翻弄着，说要带一张妈妈的照片，我怂恿她带我学农归来的独立照，可她拒绝了，选了一张我穿便装、笑容安详的照片贴身装着，还说："这张才像我心目中的妈妈。"她不知道我如今的这份安详是如何获取的。

小鸟住校的第一个月里，频频向我诉苦：半夜睡不着，伸手找不到妈妈；女浴室的门坏了，洗澡时门会突然洞开；去学校的小卖店看看，因为她是个理性花钱的孩子，迟疑着比较价格，结果被店员斥责；就连钥匙圈坏了这桩小事，也会成为她独自流泪的借口。她在电话里哭泣，说感觉到离妈妈越来越远，她想放弃独立。

我说小鸟你必须试着解决这些事，至少试一试，万一解决不了，你再打电话给我。挂断电话后，我整天都守着电话机，一旦有朋友的电话进来，我只能三言两语，说我正在等一个最重要的热线电话，稍后再打给他们。确实，眼下我最大的心愿是帮助一个女孩站起来，独自迈出第一步。

小鸟的求助电话迟迟不来，我心里空空的，整理着她的小房间，那里充满着小女孩甜腻的气息，催人心软，而且我还瞥见她留着的一根小竹棍。她曾戏言这根竹棍留着将来打丈夫，她害怕会找个恶丈夫，害怕独自面对这纷繁的世界，害怕迷失童心和爱心……刹那间，我心乱如麻。

就在此时，小鸟打来了电话，说浴室门已经报修了，现在虽还是坏的，但她每次洗澡时都在上面粘上透明胶，再大的风也吹不开；小卖店的人这两天已知她的秉性了，不再冷言冷语；同桌和她一块儿用老虎钳修好了钥匙圈……另外，她晚上想家伤心，后来累极了，"扑通"一声倒在床上睡熟了，翌日清晨，看见太阳出来了，心情豁然开朗。

如今，小鸟依旧每天打来电话，只是内容变了，她总是兴致勃勃地告诉我她中午去了图书馆，晚饭后跟同学一块儿散步。她总在电话那端说：我很好，您好吗？我便在电话这端说：我很好，你好吗？这正是我心里呼唤的那种两个心心相印的平等的人在对话。

小鸟没去拍照立志，我送了她一个穿中学校服的珍妮娃娃，悄悄地把它当成小鸟独立的见证。一个女孩走向真正的独立，慢慢地拥有了为自己设计未来道路的勇气和能力，这真是一件令我喜极而泣的喜事。

佳句回味

◎ 我其实是个重视精神生活的人，但我永远认可物质往往会对人产生奇效。

◎ 独立是要有长长的准备的，是一种积淀后的崛起。

阅读心语

秦文君是著名的儿童文学作家，她写的文字都那么真切地反映着孩子们的内心世界。试想她的孩子一定很幸福，拥有一个能理解她的妈妈。

小鸟的确是个幸福的孩子，她得到了妈妈的爱，也得到了一个师长的指引。在一个女孩走向独立的重要过程中，一份及时的指导和鼓励是多么重要。

希望所有的母亲都能从秦妈妈身上得到一些启发，也希望所有的孩子都能理解和体谅母亲的一份苦心。

（王云峰）

微弱的灯光会逐渐亮起来

佚　名

少小失父，家里穷，村中大部分人家安上了电灯，我家为省钱还是点煤油灯。

每天晚上，母亲都会让我在煤油灯下学习一个多小时。有时，老师没有布置作业，母亲就自己给我布置作业。

少年是爱贪玩的。有时，同龄的伙伴不做完作业就看电视或玩耍，我好羡慕。而我却不行，每晚不学习一个多小时，母亲就会批评我。

有一天下午放学后，我和同学玩耍回家迟了，被母亲狠狠地打了一顿。

晚上点灯的时候，母亲把我叫到书桌前，母亲专门给我做了书桌，说是为了方便我学习。母亲对我说："孩子，你看着煤油灯。"说着，母亲用火柴点燃了煤油灯。

我注视着煤油灯，刚开始灯火如豆，十分微弱，慢慢地，慢慢地，煤油吸上去，灯火一点一点地向上跳跃着，跳跃着，不一会儿，灯光逐渐大起来，发出了明亮明亮的光。

母亲接着对我说："看见了吧，孩子，只要灯里有油，微弱的灯光会逐渐亮起来。咱家里虽穷，但只要你有志气，我们的生活就会如这微弱的灯光会逐渐亮起来一样，也会逐渐好起来。"

那夜，我深深地领悟了母亲对我的教诲，我暗下决心要好好地读书学习，好好地走人生的上坡路。

花开花落，斗转星移。十几年过去了，我凝眸过往，真的是风雨兼程。我凭着一份执著的追求之心，成为了村中为数不多的考上大学而走向更广阔天地的一员。这一切都因为那天晚上母亲对我的教诲时时警示着我，鞭策着我。

在人生的旅途中，只要你有志气，有坚忍不拔的毅力，我相信，你的生活一定会如那微弱的灯光会逐渐亮起来一样也会逐渐地好起来的。不信，你试试！

佳句回味

◎ 只要灯里有油，微弱的灯光会逐渐亮起来。

◎ 在人生的旅途中，只要你有志气，有坚忍不拔的毅力，我相信，你的生活一定会如那微弱的灯光会逐渐亮起来一样也会逐渐地好起来的。

阅读心语

有时候，父母的教诲对孩子的影响远远胜过学校和老师。

一个孩子的成长花费了父母多少的汗水和精力啊！从教走路、学说话开始，一点一滴将一个呀呀学语的婴儿培养成一个初长成的少年，父母对于孩子成长的影响和作用是巨大的。

所以，每个有所成就的孩子都应该记住父母的奉献，都应该感激父母无私的爱和给予，在他们越来越苍老的时候，给他们更多的关心和爱护，就像他们曾经给予我们的一样。

（魏晓静）

微笑的力量

王　港

我们不妨讲一个日本保险推销业的“全国之冠”原一平的故事。原一平 25 岁当实习推销员时，身高 1.45 米，又小又瘦，横看竖看，实在缺乏吸引力，可以说是先天不足。但他苦练笑容，并且获得成功，被日本人誉为“值百万美金的笑”。

原一平为什么练笑呢？因为他总结出笑容在推销活动中有 9 大作用：笑容是传达爱意给对方的捷径；笑具有传染性，你的笑容可以引起对方笑并使对方愉快；可以轻易地消除二人之间严重的隔阂，使对方门扉大开；笑容是建立信赖关系的第一步，它会创造出心灵之友；笑容可以激发工作热情，创造工作成绩；笑容可以消除自己的自卑感，弥补自己的不足；如能将各种笑容拥为己有，了如指掌，就能洞察对方的心灵；笑容能增进健康，增强活动能力。原一平认为，婴儿般天真无邪的笑容最具魅力。于是，他就花费了很长时间练习笑，直到他在镜中出现与婴儿的笑容相差不多时才罢休。他练习的步骤是：检查自己的笑容有多少种（原一平认为自己有含义不同的 39 种笑容），列出各种笑容要表达的心情与意义，然后再对着镜子反复练习，直到镜中出现所需要的笑容为止。

佳句回味

◎ 笑容是传达爱意给对方的捷径。

◎ 笑容是建立信赖关系的第一步，它会创造出心灵之友。

阅读迷 YUE DU MI

阅读心语

微笑是人类最美丽的表情。它是以自信架起的希望灯塔，它之于弱小者是一片爱的阳光，之于饥饿者是一块甜美的奶酪，之于冷淡者是能融化其心中冰山的火。无论你是经受着风吹雨打，还是沐浴着阳光雨露；无论你是已攀上了顶峰，还是被困于巨谷深渊，发自生命的微笑都能帮你冲散潮湿的心情，抹去不悦的色彩。

学会微笑着面对生活吧，不必因为自己仪表的先天缺陷而自卑，关键是找出自己认为最有希望的“突破口”，淋漓尽致地表现个性的魅力。当你笑时，整个世界都在笑。

（王云峰）

酸的果实

佚 名

有一天，俄罗斯剧作家克雷洛夫在街上行走。

忽然，有个年轻的果农走上前来，拦住了他的去路。只见果农拿着一个果子，向克雷洛夫兜售。

年轻人腼腆地对他说：“先生，请你帮忙买些果子吧！不过，我要老实告诉你，这些果子其实有点酸，因为这是我第一次种果子。”

克雷洛夫见这个果农如此诚实，心生好感与疼惜，便向他买了几个果子，并对他说：“小伙子，别灰心啊！你以后种的果子会越来越甜的，我第一次种的果子也是酸的。”

年轻人一听，以为遇到了“同行”，连忙向他请教：“你以前也种过果树吗？后来呢？”

克雷洛夫笑着说：“我啊！我收获的第一个果实，是《用咖啡渣占卜的女人》。不过，当时没有一个剧院愿意演出这个剧本。”

只要不放弃、能坚持，我们就一定能品尝到努力付出所结成的甜美果实。

人生没有太多时间让我们犹豫，凡事先行动了再说。唯有从行动的步伐中，我们才能不断发现错误，修正错误，并累积成果，如此，我们才能正确无误地抵达梦想的终点。

尊重别人等于尊重自己。

我们可以不坚持己见，也可以只做自己，只是这一切必须以“尊重”为前提，更要以不侵犯他人为准则。

毕竟，当别人固执己见，要求我们配合与尊重时，我们不是也会提出相同的要求吗？

佳句回味

◎ 我们可以不坚持己见，也可以只做自己，只是这一切必须以“尊重”为前提，更要以不侵犯他人为准则。

◎ 唯有从行动的步伐中，我们才能不断发现错误，修正错误，并累积成果，如此，我们才能正确无误地抵达梦想的终点。

阅读心语

不必担心未来的结果，只要仔细检查眼前的步伐有没有错误，走一步便修正一步，那么当我们站在终点时，自然能站立得踏实又稳健。

别害怕开始时的跌倒与挫折，就像克雷洛夫自我调侃的例子，当我们跨出第一步的时候，通常都会遇到让自己难堪的窘境。

（王云峰）

贫困的年代

达洋·安德森

20 世纪 50 年代，生活在加州圣乔金山谷是非常艰苦的，而且工作机会也非常少。爸爸做着所有他能找到的工作，而妈妈则同时兼做着两个工作。

我们吃的东西几乎都来自于我们的菜园。我们几乎不种我们非常爱吃的马铃薯、黄洋葱或美味的芦笋，因为没有任何空间可以种它们。但是那并不重要，人们在共同耕地收割之后，都会被邀请去挖被留下来的东西。我们手里拿着黄布袋，花好几个小时去寻找大颗的、硬泥土裹着的马铃薯，或者味道很浓的洋葱。

在我无知的童年时光里，我从来都没想过，我们会这样做是因为我们很穷。我觉得我们收集这些剩下的东西是很快乐的，能够挖泥土又发现宝藏——我们能吃的宝藏。毕竟，我们从来都没有挨过饿——直到有一年的冬天，我们的阿姨和姨丈及两个表弟来拜访我们。

我们已经收割完菜园里的东西。所有能腌渍起来的东西都整齐地收在储藏室里，那些刚好足够我们度过冬天的那几个月。爸爸没有工作，但是妈妈在帮我们做衣服，还同时做着她的工作——看顾商品，像牛奶、起司豆子和鞋子。

姨丈一家人来了，并待了下来——而且他们待了很久。他们来到加州，希望能在这里找到工作，但是他们的运气很不好。妈妈和爸爸都很仁慈，他们从来都没想过要暗示他们，住得这么久，会让我们生活过得比较艰苦。

“人不会创造菜园，而是菜园创造了人。”妈妈说，“每个种菜的人都会和别人分享，因为这是大地给予我们的，而我们应该回报。”所以她持续地与他们分享，并且耐心地等待这几个月过去。

终于，他们离开的日子到了。妈妈还是本着仁慈的性情，要他们离开时自己拿些家里已经装罐的食物带走。她在这些访客正在打包时，就说了再见，然后去工作。而我们这些孩子则是去学校上课，爸爸则外出去打零工。

那天晚上妈妈到家时，到储藏室去选晚餐的主菜。她走了进去，然后大口叹气地走出来。她的家常罐头全都不见了——那是我们全家整个冬天的食物。她找了果冻的后面、面粉袋的四周，但是她连一个瓶子都没找到。我们全都知道发生了什么事，但是没有人说出任何话。

眼泪盈满了妈妈的眼眶，但是她没有说出任何严厉的话。“让我们吃早餐当做晚餐，好不好啊，大家？”她问我们，然后开始搅拌起煎饼粉。在我们的菜园能种菜之前，我们还有很多的夜晚必须吃煎饼。

我不知道是怎么回事，这件事情在我们的教会和邻居之间传了开来。几天之后，每当早晨我们打开后门，就会发现装满家常食物的面粉袋。没有人知道它们是从哪里来的。但我们也注意到会有不同的袋子出现，所以并不是只有一个人在帮助我们。对每个人来说，日子都非常地艰苦，但是人们——我猜想，其中有一些甚至不认识我们——还是从他们储藏的东西中拿出一些来跟我们分享。

那个冬天，我们有时会挨饿，但是我们撑过来了。我终于懂得妈妈说的“菜园创造了人”的道理——我从来没遇到过任何种菜的人，是吝于与人分享的。

佳句回味

◎ 人不会创造菜园，而是菜园创造了人。

阅读心语

即使在最艰苦的年代，也要学会与人分享，哪怕是一点点的食物。

这种爱心在一层层地传递下去，直到有一天它汇聚成了一条涓涓细流，有更多的人加入了进来，他们彼此帮忙，彼此分享。还有比这更好的人性体现么？相信爱是可以传递的，你给予了别人爱，同样也会收获爱。

亲爱的朋友，让我们学会去爱吧，为那些处在苦难中的人们奉献一点爱心。这样，这个世界将会变得更加美好，连艰难都不再那么可怕。

（郑振茹）

特殊的电话号码

［美］弗朗科·纽克鲁格　沈湘　译

我家是一个单亲家庭，听隔壁的多莉太太说，我的母亲生下我不久便去世了。而父亲对于我母亲的事总是只字不提。在我的印象中，父亲是一个很冷漠的人，他从不跟我多说话，在生活和学习上对我的要求却很严格。

父亲有一家公司，在我们这个小镇上算是一个富有的人，但我的零花钱从来没有我的同学们多。这还不算，他每天开车去公司时，都会经过我们学校，可是无论我怎样央求，他从来不肯让我搭他的便车，我总是坐公共汽车或者地铁去上学。为此，我在心里很瞧不起父亲，有时甚至恨得咬牙切齿。我将母亲的病逝全部怪罪在了父亲的头上，母亲肯定是受不了父亲的虐待而死的。而父亲一直单身，则是因为没有哪个女人受得了他的脾气！

18岁的我就要离开美国去新西兰求学了。这是我第一次离家去一个那么远的地方，也是第一次离开父亲这么远，但我对父亲却没有多少留恋，甚至很多次我都希望早点离开他，离开这个令人窒息的家。临行前，我将所有在新西兰求学的同学的电话号码都调了出来，存在手机里，但我还觉得不保险，因为手机也有可能丢失。我又将所有的电话号码全都记在笔记本上，可是我又担心笔记本也不保险，如果笔记本丢失了，我一个人在人地生疏的新西兰该如何是好？最后，我终于想出了一个办法，那就是将电话号码都记在新买的皮鞋里、帽子里、风衣里，这样我如果遗失了其中一样东西，还可以在其他东西那里找到我需要的电话号码。

在机场，父亲破例为我送行。在我的记忆里，父亲还从没送我去过什么地方，就是去学校报到，也是我独自去的。所以对于父亲送行时的沉默无语，我已习以为常，就算旁边的几对父母流着眼泪来送他们子女的场面，也没对我的情绪产生影响。也许正是因为从小养成的独立习惯，使我更加懂得出门只能靠自己。不过，其他任何事情都可以疏忽，但同学们的电话号码是不能丢的。

到达新西兰之后，我就急急忙忙地翻起了电话本，首先是手机，可是手机里第一个跳出来的竟然是一个陌生的电话号码，再细看时，号码后面竟是父亲的名字。我这才想起，我居然从来没有给父亲打过电话，甚至连他的电话号码都不认识。显然，父亲曾动过我的手机。我又打开笔记本，在笔记本的第一页醒目地写着父亲的电话号码，那是父亲的笔迹！我急不可待地又翻出了其他的东西，皮鞋、帽子、风衣，我一一地将它们翻了个底朝天。凡是我写过电话号码的地方，父亲都在第一行加上了他的电话号码！一向粗心而专横的父亲竟然有如此细腻的心思，他是让我在外面遇到了困难第一个想到的就是他！

我在学校里安顿好后，习惯性地上网收取同学们的信件，我收到的第一封邮件居然也是父亲的：弗朗科，我的孩子，你现在终于长大了，我等这一天可是等了18年啊。你的母亲因为难产而死，我答应过她要将你抚养成人的，看到今天的你这样自立自信，我真的很高兴。我想，你的母亲在天堂里也会为你而高兴的。但是，当我看到你的电话本上没有记下我的电话号码时，我惊呆了，一个孩子在外遇到了困难，首先要找的应该是他的父亲才对，可是你没有。我想，是不是我对你的教育方式有问题，我是不是对你太严格了？孩子，我要告诉你的是，不管怎样，爸爸都是爱你的……

我压抑了18年的眼泪一下子汹涌而出。

佳句回味

◎ 凡是我写过电话号码的地方，父亲都在第一行加上了他的电话号码！一向粗心而专横的父亲竟然有如此细腻的心思，他是让我在外面遇到了困难第一个想到的就是他！

阅读心语

并不是世界上所有的爱都如春风一样和煦温暖。那些温柔的爱会让你感到幸福满足，也可能使你耽于安逸。

你看那春日的牡丹，在徐徐的春风里开得多么甜美酣畅，可是一阵稍凛冽的急雨就能轻易折断它柔弱的花枝。

松树挺立在白雪皑皑的寒冬，虽然享受不到春风的抚爱，可是再大的暴风雪也休想让它钢铁般的枝干摧折。

父亲严厉的爱让少年一直认为自己置身寒冬，缺少温暖。然而，正是因为严父的教育，少年才成为今天这样独立自信的青年！

（魏晓静）

一句话的力量

潘国本

前些时读到一则短文，说二战期间，英国小说家西雪尔·罗伯斯到伦敦郊外的一个墓地去祭奠一位英年早逝的文友，意外地看到一块新的墓碑，上面写道：“全世界的黑暗，也不能使一支蜡烛失去光辉。”奇异的语言，温暖了罗伯斯阴郁的心。起初还以为一定是哪位名家的名言，可回来以后怎么也查找不到来源。还是重返墓地才从管理员那里得知，长眠于那个墓碑之下的是一位年仅10岁的少年，几天前，德军空袭伦敦时不幸被炸弹夺去了生命。少年的母亲怀着极度悲痛为自己的儿子做了一个墓，并立下了那块墓碑。

这句话，让西雪尔·罗伯斯顿生无法释怀的激情，顷时，写出一篇感人至深的短文。短文迅速传播开来，鼓舞了一批反法西斯青年为胜利执著向前。

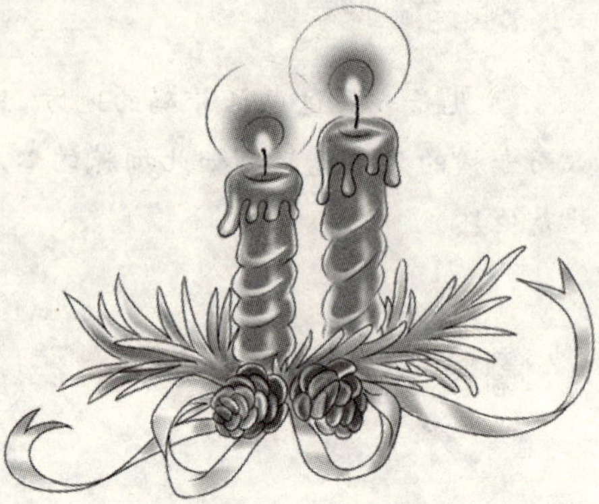

这句话后来还让一名叫布雷克的大学毕业生，毅然放弃多家企业的优厚招聘，拒绝亲友的劝阻，去了非洲，在那里照出一片亮地，终被联合国授予“扶贫大使”称号。

这句话甚至还激励了一位老教师，也去点燃他的微弱蜡烛，去帮助一对百里以外的 80 岁无子女的夫妇；去牢房看望一位被判重刑的失足学生，让他重燃生活希望……这位教师就是我。

这句话，不急不暴，不恐不怨，不浮不躁。一种正义的力量，一种由爱释放出来的母亲的力量，最强大也最平和。

真正的强力，可以是这样。

佳句回味

◎“全世界的黑暗，也不能使一支蜡烛失去光辉。”

◎ 一种正义的力量，一种由爱释放出来的母亲的力量，最强大也最平和。

阅读心语

常常可以看到一句话改变一个人的事例。的确如此，一句话，短短十几个字的力量是无法估量的。这是一种爱的力量，时刻伴随着我们，安慰着我们，让我们在迷雾中找回迷失的方向。而那些心中有爱的人，往往能被一句充满爱的话语激励，甚至是受益终身。

（宋玉发）

生命的颜色

李 筱

斜阳的余晖为西天的云镶上了一层金边，温柔的光芒带给大地今日最后的暖意。恋上落日的我如往日一样，在这一天即将结束之时，登上楼顶，去观赏夕阳。

迎着晚霞的方向，一个女孩儿站在楼的边沿，静静地望着西天，那一轮红日依旧留恋着大地而迟迟不肯离去，它安详地燃烧着，释放最后的能量，整个世界都被金色环绕着。

“真美！”我兀自地感叹着走到她身边。

“可是，它是如此的痛苦啊，与其这样，还不如早些离开，”女孩儿定定地注视着前方，轻声说，“如果一切都结束了，便不会再受伤了。”

“但，真的很美，不是吗？”我展开双臂拥抱蓝天，阳光亲吻我的脸颊，留下金色的印记。

女孩儿转过脸，一双幽深的眸子没有半点神采，我迎着她的目光，一直望穿她眼底的忧郁和悲伤。

“生命是这样短暂，又是如此的脆弱，不管我怎样努力，都不能逃离死神的手心，我成了一个负担，给身边的人带来了那么多麻烦。”晶莹的泪从她满是哀伤的眼中流出。

女孩儿轻咬着嘴唇，透着凄凉的美丽，她说：“与其这样挣扎于死亡的边缘，还不如早点将生命结束，走了，就不会再有痛，就可以解脱了；走了，那些被我连累的人，便可以拥有他们自己的幸福了。”

“他们并没有怨过你吧？因为你的幸福才是他们的幸福噢。为什么要逃避呢？这么美丽的世界，这么可贵的生命，就这样离开，不会感到遗憾吗？落日虽然让人感伤，但只要再等一会儿，黑暗过去，希望总会出现的。若现在把一切都抛弃了，便是一点儿机会都没有了呀。”金色包围着她的身体，宛如一个即将起飞的天使，迷人的柔和的光芒，是生命散发的光芒，美丽的耀眼的颜色，是生命独有的颜色，然而，她却说要舍弃这一身的美丽离开，她真的舍得吗？

我将手轻按在她肩头，迎向余晖，微风拂过，带来一阵淡淡的清香。夕阳终于耗尽了最后一点儿热，消失于天际，只留下天边那几朵云，还映射着微弱的光。

我指向云层最深的地方说："如果夕阳总会落下，如果人总要死去，就不该畏惧，勇敢地面对，接受它的挑战。你看，它现在一定很满足，它一定在准备着，等待再一次升起。"

女孩儿不再哭泣，她的眼睛望向远方，仿佛要看透那无边的黑暗，下面，繁华都市的夜晚，灯火辉煌。"大家也都在等待着它再次出现在东方呢。"她笑了。

"好了，回去吧，外面太凉了。"我拉起她的手说。

"你总是来这里看日落吗？"女孩儿问。

"是啊。"我背过身，看向另一片黑暗，"我有个妹妹，患了白血病，她没能勇敢地正视她的生命，自杀了，全家人为此而难过。我总是在想，如果她能够和我一起看一次日落，如果她能够发现生命美丽的颜色，便不会这样走了。人们都是害怕黑暗的。"

"其实只要活着，哪里都是光亮的一片天。"

"生命如此美丽，不该轻易将它结束，对吗？"一个完美的笑容浮现在女孩儿漂亮的脸蛋上，我看到，从她的身体里放射出的夺目金光。

拥有生命，拥有生命迷人的金色，便是拥有美丽的希望。

佳句回味

◎ 如果夕阳总会落下，如果人总要死去，就不该畏惧，勇敢地面对，接受它的挑战。

◎ 拥有生命，拥有生命迷人的金色，便是拥有美丽的希望。

阅读心语

流行歌手组合羽泉曾经有一首叫《叶子》的歌，讲述一个失明的少女感受色彩的故事，我想叶子如果听了这篇文章，感受了这个故事，也一定会感到生命就是金色的。太阳光煦暖地照耀着我们每一个人。

黑暗是生命的另一种颜色，如果没有黑暗就无法体现光明的可贵，而没有黑暗，我们就无法更加体味光明的金色。

所以，不妨更加珍惜身边的金色，更加珍惜生活，用灿烂的金色笑容感受这个世界吧。

（李凤銮）

建造沙城堡

明 达

炙热的太阳，带着咸味的空气，有节奏的海浪。

一个小男孩正跪在沙滩上用塑料铲子一铲一铲地把沙子铲入一个颜色鲜亮的蓝桶里，然后再用铲子拍打整理桶里的沙子。满满一桶后，他把桶倒扣在地上，然后慢慢举起桶，一个城堡就这么造好了。这位小小建筑师乐了。整个下午他都在工作。挖城壕、筑城墙，用瓶子盖当岗哨，用冰棒棍当桥梁。沙城堡建成了。

大城市，繁忙的街道，轰轰的汽车声。

一位男士在他的办公室里。他坐在办公桌前，匆忙地把各种纸张放在不同的文件堆上，分配工作任务。他把电话放在肩膀上，用手指敲击着键盘，反复权衡掂量着数字。合同终于签了，让这位男士非常高兴的是，一笔利润到手了。整个一生他都在工作。制定计划，预测未来。养老金是岗哨，资本收益是桥梁，一个帝国建成了。

两座城堡、两个建造者。他们有很多相似之处。他们在建城堡。他们看不见任何东西，但在建造着什么。他们勤勉而坚定。对于两者来说，潮水都会上涨，结局都会到来。

但他们的相似之处就此而至。男孩能看见结局，而男人忽视它。

当潮水涌上时，那聪明的男孩跳起来，兴奋得拍着巴掌。没有悲伤，没有害怕，没有惋惜。他知道会是这样的。他并不惊奇。当大浪冲进他的城堡时，他的杰作被吞进大海，他笑了，捡起他的工具，拉上父亲的手，回家了。

可那位成功的男士并不是这么聪明。当岁月的浪潮瓦解了他的城堡时，他惊慌了。他守候在沙子纪念碑处要保护它，他要把海浪挡在他建造的城墙之外。他被海水浸湿了，全身打颤，对上涨的浪潮咆哮着："这是我的城堡！"他抗拒着。大海无需回应。他们彼此知道沙子何去何从……

对于沙城堡我们知道的不多，但孩子们知道。观察他们，学学他们，去建造，但要怀着一颗童心。当太阳落下，潮水涌上时——鼓掌吧。向生命的过程致敬，然后回家去。

佳句回味

◎ 潮水都会上涨,结局都会到来。

◎ 当太阳落下,潮水涌上时——鼓掌吧。向生命的过程致敬,然后回家去。

阅读心语

人生一路上,有太多的得到和失去。小时候得到一座沙城堡,然后被海浪带走,我们微笑;长大后得到金钱,然后被生活带走,我们却难以接受这个现实。当然,失去一座沙城堡和失去那些奋斗得到的成果,感受当然不同。可是,什么时候我们开始没有了小时候那么单纯的心思了呢?

在强大的社会压力下一步步的奋斗,所付出的艰辛和汗水比修建一座沙城堡要多很多,这让我们更加珍惜所得。可是在忙碌中我们却也慢慢遗失了曾经的童心,不能再以那样的眼神去看待生活了。让我们痛苦的是那些失去,还是取代了童心的那些占有欲?

如果能保留那一份看待生活时的纯美眼神,也许在我们眼里的世界会可爱很多。

(李桂花)

2 天空没有翅膀的痕迹

生命真正的长度，原来是从一个人鼓足勇气去过自己所向往的生活时才开始计算的。为了家人的期望，我们压抑着自己的个性；为了生活的规则，我们甘心屈从命运的安排；我们按部就班，为了世俗崇尚的所谓名利耗尽了一生精力，像一部疲惫不堪的机器，一生都在机械地重复着生活。当生活越来越沉闷，日子越来越单调，而自己也越来越平淡乏味时，有多少人会猛然惊觉——难道这就是生命的全部意义？

飞鸟向北，游向朝南

吴芳君

一

暮色四合的时候，我常会想象自己应该拥有一个年代较为久远的小木屋，屋顶上长着苔藓一类的毛茸茸的植物，屋的四周围满了香樟，阳光穿过之后留下斑驳的印痕，蔓延成一幅温暖柔和的画面。

当然只是幻想而已，但幻想已占据了我生命的大部分时间，有时候它就像是黑暗中疯长的海藻，不顾一切地向我袭来。

我叫燕北，出生在钱塘江入海口处的一个小城市，那是一个美丽的城市。窗外穿梭不息着或激动或冷漠的人群，总会给我太多遐想。或许一旦脱下城市的外衣，便会有无止境的孤独与苍凉。街道两旁的路灯亮了又灭，灭了再亮，匆匆没留下任何痕迹，就像那些我们逝去了的岁月。

我有一个孪生的弟弟，他叫燕南，一个英气逼人又有一点张扬的孩子。我俩在一块儿很多人都认不出来，我常常看着他就好像是看着镜中的自己一样，一样挺拔的鼻子，一样令人羡慕的睫毛。

记忆中童年的时光总是布满阳光，跟水一样纯净，没有任何杂质。曾经，燕南拿着两根冒着冷气的冰棒站在一棵茂盛的香樟树下等我，看着手中的冰棒开始融化而我没来，他会急得直跺脚；也曾因他养的一只猫离家出走而哭得天翻地覆，任谁也劝不了。很多很多的事情会随着时间的流逝渐渐模糊，就在我们为此伤心感叹的时候，蓦然发现原来我们都已经长大。

于是很多的事情在叙述起来都加上“曾经”二字，很残酷地把过去与现在分为两半。把那些在过去发生的很多很多的事情封存起来，然后很委婉地称为“回忆”。

说来奇怪，在有些时候，我会莫名地思考人活着是不是该有回忆。然而我始终只是一个碌碌无为的凡人，对于这些存在的事实，无可奈何。拨开那些积满灰尘的岁月，我亦是手足无措。是谁说的，时间会让一切变得脆弱，脆弱得连重拾过去的勇气都没有。

二

中考之后，我和燕南进入同一所高中，进入校园的一刹那，我看到了一棵又一棵的香樟，在道路的两旁，安静地将阳光弄碎。那些高大的香樟，像是很多年前梦里反复出现的颜色，在炎热的夏日里，将阳光凝结，给人一种瞬间凉爽的感觉。

开学第一天老师就用极其激昂的语气告诉我们，我们的目标就是高考。这像是一道沉重的枷锁，压到还来不及明白过来的我们的身上。没有人逃避，因为谁都明白，我们无路可逃。

燕南从小便是一个不安分的孩子，压抑沉重的气氛会让他整个人都疯掉。于是他时常会甩开老师愤怒的目光，冒险寻找属于自己的世界。燕南曾说，那些高三的学生带着悲壮的气氛伪装了天下无敌的气势冲向那座早就不堪重负的独木桥，然后听到了很多人扑通扑通落水的声音，水花溅到脸上满是泪，泪水弄脏了他们每个人的脸，可他们还是挡不住地疯了一般地横冲直撞。

我尽可能用最短的时间适应高中的生活，从万有引力到鸦片战争；从元素周期到过去分词，甚至会在公车驶过转弯时，不自觉地计算此时受到的向心力。日子平淡如水，我让自己很努力地学，带着疼痛却又快乐着。

很多个傍晚，我都会在做完一张张试卷之后到球场上等燕南。看着他很漂亮地完成三步上篮，看到他满头的大汗顺着发丝滴下来，散发出青春的味道。他在夕阳下很开心地露出一个笑容，然后我和他穿过种满香樟的校园，一起回家。

三

在和燕南一起吹灭生日蜡烛的时候，我发现原来我们都 18 岁了。每次的生日都会和燕南一起度过，所以从未感到过孤单。然而我预感生命将在这一刻会狠狠地打上一个结。

电影《头文字 D》里有一句话："一个人只有找到了自己的世界，人生才能变得有意义。"燕南很喜欢这句话。但是我想我的世界或许还在几千里之外的某个地方，很苍凉地空着。政治老师极力强调前途是光明的，道路是曲折的，可我怎么就觉得一片渺茫呢？

"我上高三了！"一句宣言般充满激情的话被同学们幽怨的眼神堵在喉咙里不上不下。高一高二无法感受的压力在高三变成了有质量的物体。老师反复告诉我们，做 10 份的模拟试卷，也许就能涨高考时的 1 分。很多人都相信了，每天穿梭在带有油墨味的各种试卷之中。

加入高三的行列，我明显感受到了身在地狱仰望天堂的那种悲凉。有人说高考是挡在我们面前的一块很大很厚的玻璃，每个人都必须撞破它，擦着玻璃的碎片义无反顾地穿过。痛苦与微笑随着鲜红的血液交织在6月过后的那个夏天。

班主任走进教室，一眼就望见了在自修课上睡觉的燕南，随手拿起桌上的一本参考书拍了一下燕南熟睡的脸，用鄙夷的语言说要睡觉就给我出去。燕南"嗖"地一声站起，像风一样大步跨出教室，留下班主任那张因愤怒而扭曲的脸。随后我听到他发出沉重的一声叹息，教室里只有"沙沙沙"奋笔疾书的声音。

连绵不绝首尾相映的香樟，像海浪一样覆盖了整个校园，默默地在这个季节散发所有的生命力，这些香樟总会刺激体内燥热的细胞，在秋天来临之前，尽情散发。

四

燕南依旧会在夕阳下的篮球场上闪现他的身影，依然会走在布满香樟的校园里听着令人疯狂的音乐，肆意张扬着自己的青春。然而更多的时候，燕南也会坐在校园深处的一棵香樟树下，安静地背诵英语单词，也会在深夜拼了命般地做令人头疼的物理，同时还会喝掉大量的咖啡，让自己保持清醒的头脑，但没人注意到这些，他们看到的是他似乎对任何事都不在乎的样子。

他的不在意让很多人都很着急，我说："燕南，你能不能认真一点啊？"燕南闪着清澈的眼睛，笑着告诉我，他明白的。

记得燕南曾经跟我讲，生命本来的样子是脆弱的，所以我们要很坚强，要有抗击打的能力，那些指责我们的人，只是因为我们过得比他们好。

一直以来，我都会很羡慕燕南，羡慕他纯粹只是做他自己。风从街头吹向街尾，所有的叶子都翻出灰色的背面。我始终都抛不开那些世俗的眼光，走着无数人都曾走过的路，习惯已成为一种麻木。咖啡和风油精的气味混在一起，感觉很怪却很理所当然地存在。教室里的气氛仿佛要去赴一场盛大的死亡，每个人都小心翼翼抓紧一丝逃生的机会。

气温一度一度地升高，电扇没精打采地转动。

高考就这么在一次次炼狱般的考试之后很隆重地登场。

我看到很多人的脸因紧张而微微颤抖，也看到一些人很轻狂地笑着，这样强烈的对比让我觉得世界真是不公平。

五

成绩出来的那一天，很多人笑了很多人哭了然后很多人都沉默了。燕南的成绩让很多人都大跌眼镜，班主任更是连嘴都成了“O”型。“世界充满了神奇！”他们说。

班主任对我说，还真被你弟弟给撞上了，我很平静地告诉他其实燕南一直很优秀，只是他张扬了自己的个性，就好像有人在面临生死关头讲一些不着边际的笑话，不被人接受……

接着，很多人都离开了。离开，让一切变得简单，让一切有了被原谅的理由。

燕南在18岁找到了属于他的世界，也让我明白该追求怎样的生活。18岁的那个结，将我们送到了那个季节，在那里留下怎样的脚印，让我们想要说却找不到合适的词语。那些深烙在大脑皮层下的美好，像花瓣的脉络，柔弱却清晰地展现在眼前。

佳句回味

◎ 离开，让一切变得简单，让一切有了被原谅的理由。

◎ 那些深烙在大脑皮层下的美好，像花瓣的脉络，柔弱却清晰地展现在眼前。

阅读心语

每年的夏末，凤凰花都开得无比绚烂，似乎是耗尽所有生命所孕育出来的力量，那些香樟的阴影所铭记的眼泪和年华，那些溃烂在雨水里的落叶，那些在黑夜中唱响的歌，那些在白天里飘过的云，都在这个夏天定格，落下一个句号。

无拘无束的年华一旦套上前途、责任的枷锁，就拼命以青春的名义来寻求解脱，但是可不可以像泰戈尔说的那样：“我在万千束缚里感到了自由的拥抱”呢？

（安春巧）

离开学校的日子

孙少杰

那时候，我同所有“叛逆、任性”的坏孩子一样，在一所中学里挥霍着大好的青春时光。出风头、火拼、喝酒是我们开心快乐的代名词。在学校里，我越来越无法忍受老师那盛气凌人的架势，我觉得自己不适合读书，我要去社会干一番“惊天动地”的大事业。

父亲无奈，把我送到了H市的一个建筑工地。那里有很多不喜欢读书的人，和我一样，他们每天重复着机械式的劳作，只为曾经豪情壮志的许诺。我成了他们中的一员，被工头安排搬运砖块。这个活很累，别看每天推个小车跑来跑去，日子久了，我就受不了了。尤其是被磨破一层皮的双手，即使带上手套，也是疼痛难当。更要命的是那个有点手艺的工头，指挥人就像摆弄他手里的砖头。一天工头到我们这块“视察”，把我叫到一旁，问了问这几天的情况，正准备离开的时候，一块从天而降的砖块恰好打到了他的肩膀，痛得他立刻就叫了起来。工头大怒，问是谁干的，谁知在场的人都异口同声地说是我。我做梦也没有想到会受到这样的诽谤。工头不分青红皂白，随手给了我一耳光。我无法忍受这种侮辱，长这么大我还是头一次被人这样冤枉。我沉默了几秒，从身后抓起一只不知何时扔在地上的啤酒瓶，朝他脑袋砸过去。当时，他就趴在地上了。我又上去一顿拳打脚踢。

我被送到一个市郊的监狱刑事拘留15天。无情地被扔到了一个阴暗的小屋，我的眼跟着一黑，随后隐隐约约看到了五个脑袋。他们被剃了光头。两个凶神恶煞的青年，三个呆滞而显老的中年人。其中一个带着西北腔的中年人问我：“你是怎么进来的?”我说：“打架。”紧接着，他们几个轮流地问我，像是又被审问了一番。我虽然感觉忿忿不平，可我也不敢在牢房里轻举妄动。电影里那恐怖的监狱画面使我心惊胆战。我等待着被“宰杀”的危险。谁知一个青年对我说：“小兄弟，你比较幸运，别的大牢房都是非常残忍的，新来的先暴打一顿再说，而在我们这里，都是平等的，你不要害怕。”我没有回答，因为没有办法相信他的话，只能等待。随后的晚饭，我也是慌忙端着自己的米粥和窝头躲到了一边，然后狼吞虎咽地吃下去。也不知嘴里吃到了什么，像是在喝洗完锅的水，油腻且带有一些浑浊的味道。事实证明了那个青年所说的，我们相安无事地过了5天。

第六天，狱警把我带到了办公室。我见到了脸色苍白而黯淡的父亲，他已泪流满面，无力向我再说些什么，只是看着我，最后头也不回地离开了。后来我才知道，那个工头头部受伤住院，并无大碍。困窘的父亲赔了三千多元的医药费。

我后悔啊，回到牢房，我也泣不成声了，回想往事那一幕幕，父母无数次的劝导，我只当耳旁风，他们的每句话此时才令我感悟颇深。只有经历了这道坎坷，才会觉得自己的幼稚无知。

15天的铁窗生涯，我完成了人生的蜕变。每一个日夜，我似乎都在想一个问题，揣摩很复杂的人生道理。这道理在我脑海里不断盘旋，使我心中升起一片希望之光。我重新有了精神支柱，它指引我走向一条属于自己的光明大道。

出去之后，我得知事情的真相，那些工人憎恨工头，早就想给他挂点彩。而我成了他们的"替罪羊"，就因为我头脑简单，办事冲动……即便知道了这些，我也不准备再去惹是生非了。

今天我坐在大学殿堂里，听着来自不同地方的陌生口音，我的心在荡漾。此时，我才明白人生最珍贵的，莫过于往事的回忆。回忆虽有时是悲伤的，却能启迪明天的美好。

佳句回味

◎ 人生最珍贵的，莫过于往事的回忆。回忆虽有时是悲伤的，却能启迪明天的美好。

阅读心语

年少轻狂的日子，肆意地挥霍着那些看似永远不会透支的青春岁月。然而当它们随着时间的流逝，一点点地从我们的生命中抽身而去，才会明白：青春年少的美好时光，无论再怎么懂得去珍惜，也都不会重新来过。

所以，当手上还握有青春的美好的时候，请学会珍惜它们，学会善待自己。

（张燕）

不要小看自己

戴晨志

曾经看过一则故事，玛丽安是个五年级的老师，她的班上来了一位名叫迪克的转校生。玛丽安老师第一眼就很不喜欢迪克，因为他衣服肮脏，头发长长，身上还有一股臭味！而功课，也是落后一大段，每次批改迪克的作业，心里就有点恼怒："怎么这么笨，涂涂改改、写得乱七八糟！"所以玛丽安老师就用大红的笔，在迪克写错的地方一圈又一圈地画着！

当然，玛丽安老师未曾明说她对迪克的憎恶与讨厌，她只是不断地在作业簿上画着红色的大圈圈，也常在发作业簿时，听到其他同学对迪克的嘲笑与鄙视。

小迪克实在不知道老师为什么不喜欢他，事实上，老师也不曾找过他谈话，更不曾到他家做家庭访问。

一晃眼，圣诞节到了，按照习俗，每个小朋友都会准备一份圣诞礼物给老师。那天，是圣诞节放假前的最后一堂课，小朋友都将包裹好的礼物放在教室里的圣诞树下，等待老师打开。玛丽安老师是"善解人意"的，她每打开一份精美漂亮的礼物时，脸上就露出惊讶、兴奋的表情，班上小朋友的尖叫声，也不断伴随着。

最后，小迪克的礼物，是用普通装三明治的褐色盒子包起来的，外表的包装，一看就很粗俗、简陋，上面还写着"迪克送给玛丽安老师的礼物"字样。当老师拿起这礼物时，全班都静默无声，专注地看老师打开，想知道里面是什么礼物。盒子一打开，里头有两样东西掉落桌上，一个是缺了几个小钻石的"人造水晶钻石手镯"，另一个像是在廉价店里买的"只剩半瓶的香水"。

此时，小朋友传来一阵讪笑声……玛丽安老师很是失望，但她没有勇气看着小迪克，只是顺手将手镯戴上，也挤出一两滴香水，故意大方地擦在耳后……没多久，下课铃声响了，小朋友们急着回家度圣诞假期："明年见啰！"

当所有小朋友都离开教室时，小迪克畏畏缩缩地走到老师旁边，轻轻地说："老师，你身上的香水味，好香，就像我妈妈生前的味道一样……而她的手镯，戴在你手上，真的好漂亮，我好高兴你会喜欢它！"说完，一溜烟，就飞奔出教室。

玛丽安老师听了，愣傻了眼，半天说不出话来。她，坐下来，痛哭了一场。

在过去的日子，她竟剥夺了一个没有母亲的孩子应有的关心与照顾。

圣诞节后，玛丽安老师为了弥补良心上的亏欠，就在每天放学后，帮小迪克补习功课。

7 年后，玛丽安老师收到迪克的第一封信，写着："亲爱的老师，你是第一个知道，我将在下个月以第二名成绩从高中毕业的人……"

再过 4 年，迪克又给玛丽安老师写第二封信："亲爱的老师，我希望让您第一个知道，我将以班上总成绩第一名毕业；4 年大学不容易念，但我还是念完了……"

时间飞逝，不久后，迪克又来了第三封信："亲爱的老师，从今天开始，我就是'迪克医生'了！我将在 7 月 27 日结婚，我想请您来参加婚礼，坐在我母亲该坐的地方！

我已经没有亲人了,我父亲在去年已离世……您的学生迪克上”。

玛丽安老师手上拿着信,不禁颤抖、不能言语,她提起笔,写了回信:“亲爱的迪克,恭喜你,你终于成功了!你的成功,完全是靠你自己的努力,尽管你的身边有无数像我一样未曾真心关照你的人,但你还是成功了。这成功的一天,是属于你的!愿上帝祝福你!当教堂的钟声响起时,我会按时前往参加你的婚礼。玛丽安老师上”

在我们生命中,不一定每个人都有父母、亲友、师友悉心关照我们,有些人甚至会嘲笑我们、歧视我们。但是,“没有任何人能放弃我们,只有自己会放弃自己”,只要我们“自立自强”、“人穷志不穷”,必有苦尽甘来、扬眉吐气的一天。

佳句回味

◎ 没有任何人能放弃我们,只有自己会放弃自己。

◎ 只要我们“自立自强”、“人穷志不穷”,必有苦尽甘来、扬眉吐气的一天。

阅读心语

成功永远都是通过自身努力换来的。

在我们学习的过程里,并不一定会有人悉心关照你,在你畏难时鼓励,在你进步时赞扬。可是你要知道,成功不是为了别人,而是为了自己。没人能放弃我们,只有自己会放弃自己。只要你坚信自己终会获得成功,又何必在意别人的眼光?

期盼你的成功之日,相信你的自立自强会帮助你达成所愿。不要小看自己!

(朱秀红)

坐在最后一排

苏小宁

上小学时,我一直是个非常自卑的男孩子。因为笨,因为脾气倔强性格孤僻和同学们合不来,因为不会乖言巧语、察言观色讨老师欢心。每次调座位,老师都把我安排到最后两排,而其实我个子很矮(班里有条不成文的规定,只有好学生才有资格坐前排,而前排中间的位置则是优等生的专座)。后来,我索性赌气似的主动要求老师把我和最后一排的一位男同学调换位置,固定地坐到最后一排去。

"为什么?"老师平淡地说。

"因为我眼睛好,他近视。"

我没告诉老师,其实我是全班同学中视力最差的一个。

坐在最后一排的几乎都是调皮的男同学,纵使我很不愿和他们说话,想听课却又看不清黑板,我也渐渐对自己失去了信心。后来,我索性加入了他们的小集体,成了杂牌军中的一员。

这样滥竽充数地混了半个学期。班主任调走了,接任的是个年轻的女教师。她一袭白衣,如瀑长发,模样甜甜的,不像个老师,倒是像我的表姐。

"我叫白明,倒着读就是明白。也就是说对每个同学的情况我都能知道得明明白白。"她微笑着自我介绍。我不屑地瞧着她。她真有那么大神通?她会知道我是近视眼吗?她会知道我不想坐最后一排却又倔着性子坐最后一排吗?她会知道……

没想到过了几天,她竟然真的注意到了我。

那天语文自习课上,同学们都在做练习册,我也摊开练习册假装做起来。其实我除了做些造句、看图作文之类适合我胡乱发挥的题目外,其他的根本懒得做。我正噙着笔胡思乱想,一只手伸过来抽走了我的练习册,我一惊,这才发现白老师已经站在了我的身后。

"小脑袋瓜想什么呢?"她亲切地弹了弹我的脑壳。从未享受过如此"礼遇"的我禁不住心头一暖,但还是老老实实地趴在桌上,胆怯地听着她翻阅练习册的声音。过了世界上最漫长也最短暂的几分钟,我畏惧地等待着习惯性的雷霆暴怒,却惊奇地听见她轻柔的笑声。

"这些句子都是你自己做的吗?"

"嗯。"

"非常好,非常有想象力。'花骨朵儿们在树枝上聚精会神地倾听春天',多有灵性啊。可你为什么不说'倾听春天的脚步'呢?"

"有时候春天是没有脚步的,是披着绿纱乘着风来的。"

第一次受到如此嘉奖,我顿时大胆起来。

她没有说话,轻轻地拍了拍我的头,走上了讲台,以我的练习册为范本讲起了造句。那半个小时的时光是我上学以来第一次感到快乐和幸福的时刻。我想我当时肯定有些眩晕和迷醉了。直到下课后同学们纷纷向我借练习册时，我才如梦初醒，惊惶失措地把练习册塞进书包里。

要是让同学们看见那上面大片大片的空白区，我该多丢人啊。

这天夜里，我把没做的题目全部认认真真地补上了，通宵未眠。

在我笨拙而勤恳的努力下，我的各科成绩竟然很快进步起来。可由于眼睛近视看不清板书，也给学习造成了一些不大不小的障碍。我没敢告诉白老师。我问自己：你有什么资格向白老师提要求？

一天，她来到班里旁听数学课，因为没有课本，便和我坐在一起合看。等到做课堂练习时她便看着我做题。

“这是7，不是1……这是8，不是3……”她轻声纠正道：“怎么抄错这么多？你近视？”

我没有说话，眼泪竟大滴大滴落下来。日子慢慢地过去，终于有一天，白老师宣布进行语文测试，并郑重声明“前五名有奖”。有奖当然令人兴奋，同学们暗地里都紧张地忙碌起来。一向对考试毫不在意的我也禁不住跃跃欲试，积极地准备着。

公布成绩那一天终于来了。白老师点评完试卷，最后才公布分数：“第一名：苏小宁。”

天哪，我是第一名。

“这次考试，同学们的成绩普遍不错，有个别同学进步很大，比如苏小宁。他坐在最后一排，眼睛还近视，可他不怕困难努力进取，终于取得了优异的成绩。我不但要奖他前五名应得的奖品，还要再给他一份特别的奖励。苏小宁！”

我站起来。

“这是你的位置。”她指着第一排中间的座位：“你今后就坐这里。”我懵懵懂懂地在那里坐下来。

“希望同学们向苏小宁学习，要知道，这世界上有最后一排的座位，但不会有永远坐在最后一排的人。”

……

这件事情已经过去许多年了，这许多年里我淡忘了许多人和事，但那最后一排的位置和白老师的笑容至今历历在目，刻骨铭心。

佳句回味

◎ 这世界上有最后一排的座位,但不会有永远坐在最后一排的人。

阅读心语

一生得一良师足矣!

良师,不仅是授业,更能触摸到孩子的灵魂深处,拨动他们上进的琴弦。一个微笑,会让孩子铭记永远;一次关怀,可点燃孩子心中的希望;一句话,能改变孩子的一生。

其实,同学们,我们要记住,不管怎样,请不要对自己灰心,碰到困难时请用这句话来激励自己吧:这世界上有最后一排的座位,但不会有永远坐最后一排的人。

(袁占斌)

过滩谣

廖静仁

我怎么也忘不了少年时那段拉纤的生活经历。

那时,我还只有十三四岁,刚刚小学毕业。因为家父蒙难,家里唯一的生活来源被切断了,无可奈何,我只好离开学校,跟随一位堂伯走上了艰难的纤道。

其实沿江是有一条较好的路的,但那是一条人行道。而纤道却是时断时续的,遇到崖嘴和较大的江湾子,拉纤人便只能攀藤抓草爬过山崖,或和衣湾子。这种时候,一帮纤夫中,最艰辛的要数拉头纤的人了。拉头纤的人肩上还要负着浓重的一卷纤缆,那是拉远距离所必需的,所以拉头纤的人在攀崖嘴或和衣江湾时,因纤缆拖累而摔倒,那是常有的事情。每见到这种情景,我真有些受不住了,然而我那拉头纤的伯父却一笑置之,说:"这算么子,你还根本就没尝到拉纤的苦味呢!"

真正尝到拉纤的苦味,是在那个严寒的冬天。

那是年关将近了。俗话说:有力好攒年关钱,一天硬要抵两天。一帮纤夫,在年关时包一两艘长途船,装货老板比起平常日子来是要慷慨得多。

我们那回包的是一艘从洞庭湖区启碇的装粮船。那路程是相当远的:得转沅江,溯益阳、桃江等好几个县城才能到达目的地安化。沿途有八八六十四滩呐!而偏偏又碰上大雪纷飞的天气。沿江的行人道上,人迹已被白雪覆盖,就连平素弄潮戏水的啄鱼鸟也早已藏匿进崖巢里去了,那纤夫们用脚掌抠挖出来的纤道,就更难寻见了。而我们,就凭着过去对它的熟悉,一步一探地摸索着行走。

起初,尽管我们怎样把脚踝严严实实地用棕片紧裹起来,再套上益阳板子草鞋,但那雪水还是渗进了皮肉,像是有千根万根针尖在猛扎。到后来,便渐渐地麻木了,双脚完全失去了知觉,只有耳朵听见脚掌"咔嚓咔嚓"地抠进雪地里去的声音。直到拼命拉滩了,才全身发起热来,于是那冻僵过的双脚便感到了痛楚,那是一种奇痒无比的痛楚啊!

到得崩洪滩时,我被这条闻名整个资江的险滩吓得目瞪口呆,然而就此时,从我伯父的口中突然迸出了一声悲壮的《过滩谣》的号子声来:呃——纤夫过滩哪——嗬嘿!

陡地,我发现纤夫们全都一震,抬起沉重地勾着的头颅,用异样的目光投向江心。我曾听伯父说过,纤夫号子是非常单调的:"呃哩喂哟——嗬!呃哩喂哟——嗬!"就这么反复咏叹。而像今天这种悲愤的《过滩谣》却是轻易不喊的,只有在纤帮中有同伙遇了难时,才会喊起这种号子来。究竟出了什么事?我定睛看那灰蒙蒙的江心,果然有一具尸体被寒流冲了下来,那一定是拉纤人没有辨清路线或者是过崖嘴没有攀住藤蔓而失足掉在江中的——他的肩膀上,还紧紧地系着纤绳呢。

一声惊呼,我倒在了纤道上……应该感谢纤夫们那陡然同呼的悲壮的《过滩谣》——纤夫过滩哪——嗬嘿!

不惜命哪——嗬嘿!

前面有人坠下滩哪——嗬嘿!

后面纤道脚板响哪——嗬嘿!

……凝重、深沉,越来越响,越来越响。朦胧中,我倏忽意识到那惊心动魄的呐喊是在呼唤着我。顿时,只觉得周身的骨骼、肌肉在膨胀,血管里的热血在流淌……我吃惊地睁大了眼睛。

伯父他们已经把我甩下一段路了。我不能看着船被拉上滩,不能等着伯父来把我抬上船。我的眼睛里迸着火焰,腾地爬了起来,不顾一切地拖着一双结冰的脚向前面滩涂赶去。

船仿佛被冰冻凝住在滩涂上了。

所有的纤夫都死死地把铁耙般的脚掌抠进积雪，抠进地面。尽管北风呼呼地嚎叫，他们的躯体却在嗞嗞地冒着热气；他们那弓成桥拱状的脊背，在嘎吧嘎吧地作响；而那一双双粗手，都颤颤抖抖地向前伸着，企图抓到一点点能够牵引自己的东西——哪怕是一根细藤，哪怕是一棵小草，那也是救星呀！

除了那凝重、深沉的《过滩谣》还在江峡中回荡，却听不到哪怕是一丝一缕的呻吟和哀叹。如果自己不是一名纤夫，我无论如何也想象不出在这种冰天雪地的严冬，把一艘沉重的木船拉过资水第一险滩——崩洪滩的滋味是什么。

生命就是拼搏，仿佛有一种能穿越洪荒、穿越茫茫黑夜的力量在冲击着我的胸壑，我的胸腔裂开了……我发狂般地吼叫着：我来了！——我来了！——一个懦弱者的灵魂，在这苍凉、激越的《过滩谣》号子的冲激下，毫无畏惧地重又迈进了这支负着人生苦痛，却又能征服激流险滩的队伍！

佳句回味

◎ 一个懦弱者的灵魂，在这苍凉、激越的《过滩谣》号子的冲激下，毫无畏惧地重又迈进了这支负着人生苦痛，却又能征服激流险滩的队伍！

阅读心语

没有经历过苦难的人生是不完整的。当遭遇挫折和苦难时，那曾经在死亡的边缘激荡起生的希望和意志的《过滩谣》必定会在耳边响起，无畏的勇气便会充满身心。

生命就是拼搏，让我们也从这苍凉而激越的号子声中汲取能量，勇敢地向前迈进！

（王云峰）

泪花带着我回家

姜　皓

那还是读一年级的时候。一天，小同学欺负我，让我一个人做值日。打扫完教室，天已经很晚了。我穿着妈妈的大雨靴，急急忙忙往家赶。

校门口有一块洼地，每到雨季，总会积很多的雨水，必须穿着雨靴才能过去。

我深一脚浅一脚地走着，一不留神，脚底打滑，整个人仰面倒在水坑里，灌了满口的污水。

我害怕了，本能地在泥泞与污水中使劲挣扎，几乎是爬过了那个不足两米宽的水坑。

夜色如一匹野马朝我奔来。左边是密密匝匝的高粱地，右边是一望无际的小麦田，我哭喊着飞也似的向前跑。

爸爸站在家门口，唤着我的名字，我一头扎进他的怀里。

我哭泣着向爸爸讲述我的历险经过。慈祥的爸爸一直微笑地望着我，末了，捧起我的小脑袋瓜儿，在我满是污泥的额头上响亮地亲了一口。

"好丫头，了不起！才6岁就在泥窝子里打了滚儿，而且能够自己从泥窝子里站起来，多勇敢！男孩子都比不过你呢！泪花一路把你带回家，你很棒啊！"

"泪花一路把你带回家"，多有意思、多美妙的句子呀！我爸爸是小学教师，他常会说出一些有趣的话。

爸爸的话淡化了我的恐慌，我一边流着眼泪一边大笑，第一次觉得，流泪原来也可以值得如此自豪！我竟然有些感激那倒霉的一跤和那个害人不浅的水坑了。

中考那年，为缓解我的压力，爸爸常和我聊天，提起这件事，爸爸哈哈大笑。原来值日的那天，爸爸一直在等着我，摔倒的那一刻，他就站在离我不远的地方。

爸爸告诉我：勇敢的人即使摔倒了，也能够凭借自己的力量重新站起来；乐观的人即使脸上流着泪，也能够在挫败中吸取经验，然后满怀希望地继续前进。

我记住了爸爸的话。尤其在遇到磨难与挫折时，我会学着爸爸一样在心里一遍遍地默念：泪花会带着我一路度过难关，陪着我一路走向成功……很奇怪，这些话竟然起到了很大的效果：不知不觉中，泪水越来越少，而直面困难、战胜困难的决心与勇气却越来越强大。

佳句回味

◎ 勇敢的人即使摔倒了，也能够凭借自己的力量重新站起来；乐观的人即使脸上流着泪，也能够在挫败中吸取经验，然后满怀希望地继续前进。

阅读心语

童年的经验常常牵引着我们生长的方向。父亲在我摔倒的那一刻没有伸出帮助的手，而是给了我一个战胜自己的空间，并引导我在自己心里种下了一颗乐观、勇敢的种子，这种子让“我”学会“满怀希望地继续前进”，在一次次考验面前从容而自信。

感谢父亲，用爱来传达丰富的艺术和智慧。

（魏晓静）

两张奖状

竹 青

那年我14岁，上初二，是一个性格内向、胆怯、羞涩的女孩。

但就是这一年的冬天，老师竟然选送我参加全校的“我爱祖国”演讲比赛。我这样一个平时上课发言都紧张得说不出话来的人，要去面对全校两千多名师生演讲？我非常非常的害怕。

晚上，父亲坐在我的床边，微笑着说：“能够挑战自我就是最大的成功，给自己一个挑战自我的机会吧！”

终于，到了演讲比赛的这一天。看着台下的一双双眼睛，我差点晕眩，心冷得缩成一团，声音也颤抖得好像要哭。努力地告诉自己要镇定，努力地不去想台下的那些眼睛，我沉浸在自己的演讲稿中，狂跳的心也渐渐平静，达到了一种忘我的境界，直到如雷般的掌声响起……我热泪涌眶，我成功了，我成功地战胜了自己的胆怯。

那次演讲我拿到了“三等奖”。我兴高采烈地回到家里，捧出奖杯，兴奋地向父母描述着演讲的种种感受，和他们一起分享着这莫大的欢乐。父母高兴极了，向我竖起大拇指。吃饭前，爸爸说他们也有奖品给我，然后按下录音机，欢快的乐曲声中，妈妈捧着一张奖状从厨房里走出来，交到我的手里。奖状上写着：“祝贺我们的女儿演讲比赛获奖！”我快乐得像小鸟一样扑到妈妈的怀里，心里充满了感动。

吃完饭，我主动帮妈妈收拾碗筷。打开碗橱，无意中一卷纸片掉了出来，我展开一看，也是一张精致的奖状，只不过上面写的是："祝贺女儿挑战自我成功，虽然没有获奖，但你的勇敢让我们骄傲！"

原来，父母预先给我准备了两张奖状，一张是用于奖励获奖的我，一张用于奖励没有获奖的我。那一刻，我蹲在那儿泪流满面。

佳句回味

◎ 能够挑战自我就是最大的成功，给自己一个挑战自我的机会吧！

阅读心语

成长路上的我们，在和每一个挑战打上照面时忐忑不安，因为在意成功的光环，在意失败的无颜。而父母，却只在乎成长。两张奖状，两种准备，一样的期待，那就是"成长的快乐"。

生活中点点滴滴的细节总带给我们许多感动，使我们真正感受到温暖。

发现细节并且传达细节，是用心生活用心走近文字的真谛。

（张燕）

聪明的妈妈只犯一次错

肖 阳

小时候，因为舅舅、舅妈都在外地打工，表姐和我们住在一起。有一天清晨，母亲来到我和表姐的卧室，看见小屋里收拾得井井有条，她笑眯眯地问："小家伙们，谁叠的被子呀?"表姐红着脸说："是我。"母亲递给表姐一块金丝猴巧克力，说是给勤劳孩子的奖赏，我在一旁羡慕得不行。

晚上我缠着表姐说了一箩筐好话，表姐终于答应帮我一个忙。第二天，母亲再问谁叠的被子时，我把手举得老高。我得到了一块巧克力，我尝到了说谎的甜头。直到有一天，母亲发现，其实一直都是表姐在叠被子。

我尴尬地告诉母亲，说谎是因为我可以得到一块巧克力。母亲愕然，随后她摸摸我的额头，说："其实我也有错，我不应该让你产生一种错觉。"我很惊讶，母亲在我眼里一直是很神圣的，难道她也会犯错？

母亲说我们来做一个游戏。她指着院子里的一块空地，我们把这块地一分为二，看谁能把各自领地内的坑洼填得又平又快。表姐寻来很多泥土和沙砾，撒开小手干开了。我灵机一动，把院落里的积雪搜集起来，在凹凸不平处薄薄地敷上一层，不一会儿，我的领地看起来已经平整有序了，我拍着手向母亲报喜。待表姐也结束时，母亲说，你们在各自的领地上各转十圈。表姐转得又快又好，而我还没转两圈就崴了脚。

母亲把我扶了起来："妮子，明白了吗？妈妈以前让你产生了一种错觉：撒谎就能获得利益，取得成功，而事实并非如此。撒谎就像那层雪，面子上做得极好，可它并不实在，经不起考验，每撒一个谎，其实就给自己布下了一个跌倒的陷阱，真正通往成功的路只有一条，就是像你表姐那样脚踏实地。"

这件事已经过去十多年了，可现在想起来，依然历历在目。原来母亲也会犯错，但聪明的母亲在同一个问题上只犯一次错，而我在母亲的错误里也发现了成功的真谛。

佳句回味

◎ 撒谎就像那层雪，面子上做得极好，可它并不实在，经不起考验，每撒一个谎，其实就给自己布下了一个跌倒的陷阱。

阅读心语

孩子的成长需要呵护，更需要教诲。

聪明的妈妈总会鼓励孩子学做勤劳的人，力做踏实的事。一回"成功"的说谎，一次亲身的体验，使孩子懂得"每撒一个谎，其实就是给自己布下一个跌倒的陷阱。"

只有远离陷阱，才能成就未来！

（李凤銮）

不要在孩子的心里播下仇恨的种子

冯　磊

一个朋友，年纪轻轻就离了婚。知情的人都说：她离婚，是意料中的事。

——最初的时候，那个艺术系的高个子男生追她的时候，她幸福得几乎晕了。他身材修长、有着高仓健一样的气质，尤其让人感到骄傲的是：他弹得一手好钢琴。

然而，等他们女儿3岁的时候，他们就离了婚。原因很简单：她家里破了产。而他当初之所以如此殷勤，则与她的家里富有不无关系。

既然发现了真相，她就主动提出了离婚。他很痛快，几乎什么也没有要，逃一样地离开了她和孩子。并且，此后再也没有来看过她们。

3岁的孩子很可爱，也很顽皮。她为了孩子的生活和教育，简直操碎了心。有一次，我们几个同事聚会，碰巧她带了孩子。吃饭的时候，活泼可爱的孩子轻声地问：“妈妈，爸爸呢，爸爸怎么不回来呢？”她面上含着笑，很轻松地回答说：“你爸爸前天晚上来看你的时候，你睡着了，他还吻了你呢。”孩子继续问道：“那他现在去了哪里呢？”我的朋友回答说：“妈妈不是跟你说了吗，爸爸在外地进修呢，过一段时间来看咱们。”

一起吃饭的朋友都大吃一惊。其中一个心直口快的朋友马上就要对那个男人表示自己的鄙夷。但是她很快被我的朋友制止了。

呆了一会，等孩子不在的时候，她说：“我们大人的事，我不想让孩子过早地知道，因为孩子还不能理解——你们知道，如果孩子知道了她父亲的做法，她会因此仇恨自己的爸爸，”她苦笑了一下，“我不想在孩子的心里埋下忧郁和仇恨的种子，那样将影响到孩子的一生。”

一桌子的人都愣住了。之后大家都明白了她的深意：她在艰难地为孩子维护父亲的形象，从而让自己的女儿在心理上像别的孩子一样健康、平等和快乐。

“不要在孩子的心里埋下仇恨的种子。”这句简单的话里隐藏了一个母亲多少的艰难与苦心，这句简单的话，足以成为世界上最高明的教育家的座右铭。我甚至想，如果大而化之，这句话不仅可以影响一个人、一个家庭，甚至可以影响一个民族、乃至整个世界的心理和未来。

今天，我自己也有了孩子。在对孩子的教育中，我时刻提醒自己：一定要设法给孩子一种健康的和完整的爱。而我的孩子,也因此真的快乐多多。

佳句回味

◎ 不要在孩子的心里埋下仇恨的种子。

阅读心语

人类所有复杂的感情中间,唯一可以与"爱"相抗衡的,可能就是"恨"了,仇恨的力量很多时候是超出我们想象的。与"爱"一样,"恨"也是从心灵最深处发出的情感。而与"爱"不同的是,"爱"能让我们的生活更美好,而"恨"则只能带来丑恶和破坏。

对一个人来说,有什么能比一个充满爱的童年更美好的,更值得守护的呢?为了守护这种美好,请暂且放下我们自己心中的恨,而让孩子的心中多一点爱吧!

(王红霞)

谎话出口之后

陈来峰

儿童节的晚上,小女兴致极高,因为她今天刚从学校捧来了"六一最佳演唱奖"的奖状。我趁着她的高兴劲,便拉了她和妻子去东街散步。东街距离我家约一里的路程,小女开始还兴致勃勃地在前面蹦蹦跳跳地引路,可是,还没有走多久,她便要刁地缠着妻子让抱。小女今年已 4 岁了,吃得白白胖胖的,抱着她散步可不是个事儿。

妻子便开始左一句右一句地劝,动之以情,晓之以理,但还是起不了多大作用,小女走不了几步就又开始撒娇,死活抱住妈妈的腿不放。

我灵机一动,从口袋里摸了一枚硬币,悄悄地放在前面不远的路灯下,回来拉小女说:"宝贝,我前天散步在这里还捡了个小花手绢哪!咱们今天说不定还会有新的发现哪!"

小女疑惑地从妈妈的身上下来，盯着我问："是真的吗？"我胸脯拍得山响打着保票。小女终于很自觉地在前面走，眼睛在地上不时地划拉着。我和妻子窃笑着紧随其后。

果然小女很快发现了那枚硬币，高兴地捡起来一蹦多高，叫着跑向我们炫耀："看！我捡了一块钱！"我和妻子忙赞赏地应和道："呀！小女眼睛真好，我们怎么都看不见啊！"小女一下子来了兴致，又开始边走边看。我便又悄悄地在前边扔了一枚硬币，果然很快又被小女捉获。

看着小女开心的样子，我们心里更是充满了甜蜜。

最后，我发现口袋里没有了硬币，便将一张 50 元的钞票丢到了地上，果不其然，小女又很快捡了个正着，然后扮着鬼脸大叫着："爸爸，我们天天来散步那不是可以捡到很多的钱吗？"

我大笑着说："是啊！那你以后天天陪爸爸妈妈散步，爸爸就可以给你买好多玩具了啊！"小女突然过来虎着脸认真地说："那怎么可以啊！我明天要把这钱交给警察叔叔哪！"我心里一惊忙劝说："不，不用啊，给爸爸，爸爸替你交！"

"不行，不行！我一定要亲自交给警察叔叔啊！我们儿歌里的小朋友捡了一分钱还要自己交哪！"小女不依不饶。

我心里一颤，竟忘记了小女今天得奖的儿歌就是那首"我在马路边捡到一分钱，交到警察叔叔手里边"啊，况且孩子的老师在幼儿园也经常这样教育他们啊。我开始后悔起来。

妻子也傻愣愣地呆在那里，眉头紧锁——我心里明白，她和我一样，也是在心疼那 53 元钱啊！

但后悔归后悔，心疼归心疼，最终我们还是依了小女——我们不能让小女稚嫩的心灵受到谎言的伤害，不能让她纯洁的心灵受到污染！

佳句回味

◎ 我们不能让小女稚嫩的心灵受到谎言的伤害，不能让她纯洁的心灵受到污染！

阅读心语

教育孩子,要自己先做到诚实!

父母是孩子的第一位启蒙老师,所以言行举止皆是榜样。教育孩子时,一点一滴都要严于律己,不然在孩子幼小的心灵中会留下抹不去的痕迹,尤其诚实,哪怕出现文章中的事情,也要将错就错,让孩子拾金不昧,培养社会道德观。教育孩子,父母必须以身作则。

(张俊辰)

80岁的茉莉,为自己活10年

王者归来

她叫茉莉,出生在澳大利亚一个普通的小镇上。她住的地方离海滩很近,阳光充足,风景如画。

茉莉从小就接受最传统的教育,很小的时候父母就告诉她:要好好照顾自己,要遵守小镇上的生活准则,不要给别人增加麻烦。小茉莉是个聪明乖巧的女孩,一直把父母的话牢牢记在心底。随着时光流逝,茉莉一天天长大,上学、工作、结婚、生子。她没有让父母失望,她善待身边的每一个人,遵守着小镇上所有的生活准则。

人们都说茉莉是个好人,茉莉也觉得自己是个好人。可不知道为什么,她总有种淡淡的失落感,她的大半生都生活在这个小镇子上,从没有见过外面的世界。虽然生活富足,衣食无忧,但茉莉始终觉得这样的生活并不是自己所喜欢的。小时候的她就特别喜欢听别人谈论大都市的生活,谈论流行的服装、时尚的发型、庄重高雅的音乐大厅、各种各样的社交酒会。茉莉非常想过那种丰富多彩的生活,但她一直记得父母的教诲,没有任何特立独行的举动。她还是按部就班,继续自己闲散舒适的生活。

时光如同指间的细沙一样,悄无声息地流逝,茉莉从豆蔻少女变成了慈祥和蔼的老奶奶。后来,她的丈夫去世了,孩子们也都各自成了家,茉莉又开始了一个人的生活。在她80岁那年,小镇发生了很大的变化。整个小镇都成了旅游区,从世界各地纷纷拥入的旅游者很快打乱了小镇的平静生活，也打乱了茉莉的心。

新年聚会的时候，旅游区开发商请小镇上年龄最大的居民——茉莉女士为小镇做广告。茉莉女士向游人们一一诉说着小镇上的快乐与美好。说着说着，她突然停了下来，自言自语地说道："是的，这里真的很美，但我更喜欢另一种生活。"

茉莉生平第一次没有听别人的劝阻，毅然选择过一种全新的生活。她带着变卖房产所得的200万澳元，来到了墨尔本。她开始按照自己的愿望生活——学习绘画，去听古典音乐，和年轻人一起去看最流行的时装发布会，出席各种各样的社交场合。

茉莉变得如此快乐、自信，几乎让人忘记了她的年龄。茉莉不仅充实地生活着，还出人意料地当选了市政府的议员。很快，茉莉就成了家喻户晓的明星，这个来自小镇的瘦小可爱的老人，赢得了所有人的尊重、喜爱。人们都说，茉莉一定会在90岁那年成为墨尔本市的市长。然而，茉莉90岁那年意外地在自家门前摔倒，她的生命之花瞬间凋谢。

人们根据茉莉生前的嘱托，将她葬在了郊外的公墓里，并且在墓碑的正面写着：茉莉，1990年生，2000年快乐地结束在人间的旅行。

很多来悼念的游客都吃惊地发现茉莉女士的生平被写错了，她明明是1910年出生的，这么重要的事情怎么会弄错呢？每到这个时候，导游就会郑重地告诉大家：茉莉女士始终觉得从80岁那年开始，她才过上了自己真正想要的生活，所以她生命的真实长度应该是10年！

生命真正的长度，原来是从一个人鼓足勇气去过自己所向往的生活时才开始计算的。为了家人的期望，我们压抑着自己的个性；为了生活的规则，我们甘心屈从命运的安排；我们按部就班，为了世俗崇尚的所谓名利耗尽了一生精力，像一部疲惫不堪的机器，一生都在机械地重复着生活。当生活越来越沉闷，日子越来越单调，而自己也越来越平淡乏味时，有多少人会猛然惊觉——难道这就是生命的全部意义？

生活越来越富足，我们离生命却越来越遥远。生命的价值并不在于她的长度，她所得到物质的多少，而在于你是否生活得舒心、平和、温暖，在于你从生活中感悟到生命的意义。茉莉女士享受了10年完完全全属于自己的生命，那我们，从什么时候开始呢？

佳句回味

◎ 生命真正的长度，原来是从一个人鼓足勇气去过自己所向往的生活时才开始计算的。

◎ 生命的价值并不在于她的长度，她所得到物质的多少，而在于你是否生活得舒心、平和、温暖，在于你从生活中感悟到生命的意义。

阅读心语

犀利的文字，叩问着我们每一个人的心扉。

“生命真正的长度，原来是从一个人鼓足勇气去过自己所向往的生活时才开始计算的。”勇气，照亮我们生命的光彩，让生命真正丰盈起来，动人起来！做一个有勇气听从自己内心声音、有勇气突破自己的人，才是幸福的！

（李娟）

学会“不让事情变得更坏”

陈大超

“成功不是以你取得的胜利来衡量，而是看你如何从失败中重新站起来。”一位美国的学者这样说。用这种观念来看待王丽，她已经取得了可喜的成功。确实，我们需要用一种全新的思维来看待成功。我们追求成功，首先是为了不被失败打倒和毁灭。只有真正明白了这个道理，一个人才不会轻易得出“自己的人生失败了”的结论，他才能学会在任何情况下都不让事情变得更坏。

一位名叫王丽的女子，结婚 5 年后离婚，离婚 3 年后同居，同居 2 年后再度分离，她和一个男人就这样纠缠了 10 年！她觉得自己的人生太失败了，自己的处境也到了不可忍受的地步。她最后想到的解脱办法就是杀死他，然后自首。为了这个解脱，她在脑海里盘算着四套杀人方案，甚至开始准备起她需要的工具。但由于心理上的恐惧，使得她想看看自己后半生呆的地方，于是她来到南京女子监狱门口，久久徘徊。

幸运的是她遇见了女子监狱的一位政委。政委不仅自己给她做工作，还请来一名女犯跟她现身说法：“好妹妹，千万别犯傻，千万别学我，我杀死了我前夫，被判了死缓，这辈子都要在这里过了，我孩子成了孤儿。你杀了你前夫，你自己也毁了，你女儿怎么办呢？我现在才体会到，做人，首先就得学会如何面对人生中最糟的事情，如何才不能不让事情变得更坏。我的这个体会也许对我没有用了，但我希望它对你有用。”

这位女犯对王丽的触动最大，她也因此改变了自己的想法。王丽的最新消息是，她换了一个城市，换了两份工作，女儿曾经一度不理解她而离家出走，但现在已经接纳了她。她仍然感到焦虑，却不再那么狂躁，她说现在不想仇恨的事情了，她只有一个朴实的愿望——“努力让自己过得更好一点”。看来，这世上的许多人，他们要使自己过得“更好一点”，并不是要使自己的生活锦上添花，好上加好，而是要避免让自己的已经不那么好的生活变得更糟，更坏。

过去有个口号，叫做“从胜利走向胜利”。实际情形却是，绝大多数人都是从失败走向胜利的，甚至是从反反复复的失败走向胜利。失败的时候不举手投降，不自暴自弃，不采取任何形式自我毁灭，可以说，任何一个人能这样做他都是了不起的，又是一种最有智慧的表现。任何一个人，只要能阻挡失败的车轮继续向前滑，能把失败的损失降到最低点，那本身就是一种了不起的胜利！

佳句回味

◎ 成功不是以你取得的胜利来衡量，而是看你如何从失败中重新站起来。

◎ 做人，首先就得学会如何面对人生中最糟的事情，如何才不能不让事情变得更坏。

◎ 失败的时候不举手投降，不自暴自弃，不采取任何形式自我毁灭，可以说，任何一个人能这样做他都是了不起的，又是一种最有智慧的表现。

阅读心语

故事中的王丽，可以说是不幸的。她曾经以为自己的人生失败了，她想到的是仇恨和报复，但是当她遇到一位女犯后，经过女犯的开导，她知道，如果你的人生已经变得糟糕，我们唯一能做的是怎么样面对，怎么样使得事情不变得更坏。那就是不要一错再错，失败不可怕，怕的是自己输给自己。

学会将失败的损失降到最低点，不要将事情变坏，这就是最大的胜利。

（郑振茹）

飞 翔

罗 覃

当我还只会爬的时候，看见燕子在天上飞，我便开始了飞翔的梦想，但我没能飞起来，我只是比其他孩子早一点站起来而已。

我没有放弃飞翔的念头，那时我小，只会在家里看“机器猫”，机器猫用一个竹蜻蜓顶在头上，用力一搓，想象着自己慢慢地碰到天花板，竹蜻蜓飞起来了，可我还是稳稳当当地踩在地板上。

上学以后，我逐渐明白了人是不可能飞起来的，于是飞机取代了鸟儿在我心中的地位，我有一个明确的目标：当一名飞行员。

我开始了解飞机的构造，于是我看各种图书，并记下我看过的内容。学业的退步让父母认为这些乱七八糟的东西是影响我成绩的原因，于是我的爱好被禁止了，一直到我读完小学。

到初中，我的爱好又重新在我心里冒出来，我开始攒下零花钱，并买下了我的第一本杂志《航空知识》。不过那时我已经明白了学习的重要，当飞行员的梦想也被爱因斯坦、牛顿……挤到了一边。因为每当我完成一道别人做不出的题时，我就有飞的感觉，那是一种俯视大地的感觉，很爽。

初一暑假，我第一次飞上了蓝天，虽然没有梦想中的刺激，但也让我得到了最大的满足。

初三时，我怀着一定考上重点中学的念头，开始比平时努力起来，复习的紧张和高效率让我感觉一直在飞，每有一点成绩，我就感觉飞得更高了。终于进了一中，绷紧的弦松了下来，我感觉就像从高空一直俯冲下来，真爽。

进了高中，我感觉时间过得很快，没有一点时间可以用来做虚无的幻想，偶尔在梦中体验飞翔，也是被早早的铃声吵醒，没有那份飞翔的浪漫，只有一步一步的踏实，但是，我还是想飞。

想飞是没错的，没有梦想就没有追求。

人们想飞，于是有了飞机，有了火箭，有了飞船。

我想飞，于是我永远也不会满足于在地上爬。

佳句回味

◎ 想飞是没错的,没有梦想就没有追求。

阅读心语

飞翔是人类永恒的梦想。当人类第一次仰望自己头顶那片天空的时候,就开始期盼能够翱翔。

飞翔代表自由,代表向往,代表一切的可能和未知,代表永恒的追求。

人类没有翅膀,人类只能在地上爬行么?不,梦想和希望就是我们的翅膀,会让我们最终有一天羽化为蝶,展开自己自由翱翔的翅膀。

(宋玉发)

如果不是被逼……

范翠艳

邻家的孩子今年要参加高考,到我家来串门,提及高考,他满怀着一肚子对父母的意见,发牢骚:“还不是我那老爸老妈给‘逼’的,你得参加高考,你得争取考得好一点——”

“我看,说不定你还得感谢你老爸老妈啊!”

“为什么?”他问我。

我给他讲了下面的这个故事:一个钢琴师在一家酒吧弹琴,原本绝大多数的观众是喜欢他的。可是有一个观众却提出,他再也不愿意听他弹琴,而是想听他唱歌。钢琴师不会唱歌,可那个观众非让他唱。酒吧的老板冲着钢琴师喊:“你要是想拿薪水就唱,否则滚蛋!”钢琴师被逼无奈,唱了生平第一首歌。人们发现,他自己也发现,他用独特的唱法演绎了“蒙娜丽莎”。自此,他成了美国家喻户晓的著名演唱表演艺术家，他就是奈特·金·科尔。

“你那是拿名人吓唬人，我不过是个普普通通的高中生。”他听了我的故事后，不以为然。

我现身说法，我也曾像他现在一样，被逼得不得不“考”。我大学毕业后，开始还算顺利，按部就班，就业成家。可是，我所在的单位是家企业医院，单位的经济效益后来越来越差，最后连工资都发不出来了。一天，院长通知我待岗，我知道自此我要么开个私人诊所混日月，要么考研。可考研谈何容易，我都工作了10多年，学业荒芜，还得携家带口，操劳维持家庭生活。但是我还是决定拼搏一番，争取杀出一条血路，摆脱困境。谁知道我考研竟考了380多分，是我报的那所医学院里所有录取的研究生的第二名。可人人都替我惋惜，我也十分懊悔，要早知道自己有这么大能力，还不如报考北京的协和医科大学！我如今在省级一流医院顶尖的心脏内科工作，是一名高级的医师了，工资待遇之高就更不在话下。

我对那孩子说，不要以为被逼的经历只有伟人名家才有，平民百姓也有；不要以为被逼的经历只有自己才有，别人也有，几乎人人都有。

如果不是被逼，奈特·金·科尔不会迫不得已地挖掘出自己的才能，一辈子就只是一个在小酒吧里混日月的钢琴师；如果不是被逼，我也不会发现我有那么大的潜力，我可能还会在某个小诊所期盼着病人来就诊。

所以，你得感谢自己被逼，感谢逼你的人，他使你鼓足信心，睁大眼睛，扯去遮蔽你心灵的幕障，发现并挖掘自己的潜能，使你的潜能不至于束之高阁，使它不至于随岁月流逝而泯灭，使自己从一个拥有才能而无用的人成为一个拥有才能又会运用才能的人。

佳句回味

◎ 不要以为被逼的经历只有伟人名家才有，平民百姓也有；不要以为被逼的经历只有自己才有，别人也有，几乎人人都有。

◎ 你得感谢自己被逼，感谢逼你的人，他使你鼓足信心，睁大眼睛，扯去遮蔽你心灵的幕障，发现并挖掘自己的潜能，使你的潜能不至于束之高阁，使它不至于随岁月流逝而泯灭，使自己从一个拥有才能而无用的人成为一个拥有才能又会运用才能的人。

阅读心语

看完这篇文章，你应该不会埋怨爸爸妈妈总是逼着你们好好学习了吧，不会抱怨当今社会的巨大竞争了吧，因为，成功是被逼出来的。

唐初四杰中王勃作《滕王阁序》，在当时，骚客群集，各逞文才，换了谁，谁都会紧张。但也正是在此情景中，王勃写出了“落霞与孤鹜齐飞，秋水共长天一色”这脍炙人口的千古名句。试想，王勃那天若是不去，或若是去了亦没有人逼他写，相信至今人们不会知道王勃是何许人也，当然也就没有《滕王阁序》这篇美文供人们把玩欣赏了。

因而，人在特定的场合和环境中，只有被逼，才能成功。一个在家从不下厨房的人，留学在外几载，居然学会烧得一手好菜，这是被环境逼。一个登山者，跳过一条他平常绝不敢跳的深沟，因为后面有只野兽逼。

其实这种逼说穿了就是压力。铁人王进喜说，井没压力不喷油，人没压力轻飘飘。所幸世界上有“逼”这件事，我们才能超越自己，完成超出自己能力的事，这就是逼你成功。

（樊吉伟）

决不放弃努力

［美］迈克尔·乔丹

我构想我能达到的境界，我能成为什么样的选手。我深知我的目标，我集中精力，到达那里。

——迈克尔·乔丹

关于恐惧

我从来不关心输掉一场大赛会有什么后果。为什么？因为当你顾及后果时，你总是想到消极悲观的一面。

有的人在失败的恐惧面前止步不前，因为看到了别人的挫折甚至仅仅是不够圆满。他们或是担心前景不好，或是忧虑窘迫不堪。对我而言，此生若要成就一番事业，就必须敢做敢当。我会不避艰险，孜孜以求。悲观消极，怨天尤人，成就不了什么气候。决然前行，努力追寻，何必多虑！任何畏惧都是虚幻——你以为面前荆棘丛丛，实际上都是纸老虎，有的只是机遇，要你执著不懈，争取些许成功。即使到头来未能尽如人意，我起码不会思前想后，因为我毕竟有尝试的勇气。失败只是让我下次加倍努力罢了。

我的建议就是——乐观积极地思考，从失败中寻找动力。有时候，失败恰恰正使你向成功迈进了一步。譬如修车，一次次的尝试也许未能奏效，但越来越逼近答案。世界上的伟大发明都经历过成百上千次的挫折和失误才获成功。

我认为畏惧有时来自缺乏专注。如果我站在罚篮线上，脑中却想着有 1000 万观众在注视着我，我可能会手足无措。所以我努力设想自己是在一个再熟悉不过的地方，设想自己以前每次罚篮都未曾失手，这次也会同样发挥我训练有素的技术。不必担心结果如何，你知道自己不会失手。于是放松、投篮，出手之后一切就成定局，所以又何必顾虑重重。

说到做到

我对平时训练和正式比赛一视同仁，绝不厚此薄彼。因为你不能期望训练中的马马虎虎会给以后的比赛带来佳绩。然而确有许多人临阵磨枪，说到做不到，这正是他们失败的原因。他们信誓旦旦要尽其所能，说得天花乱坠，做得也煞有介事。可一旦事到临头无可措手，他们就到处找借口推诿敷衍。然而要知道，成功的崎岖之路，困难和艰险对谁都是均等，不留情面的。

然而你不必因此踯躅不前。要是面前有一堵墙，不要折回头去放弃努力。要想办法爬过去，超越过去，即使撞倒它也不要回头！

佳句回味

◎ 乐观积极地思考，从失败中寻找动力。有时候，失败恰恰正使你向成功迈进了一步。

◎ 要是面前有一堵墙，不要折回头去放弃努力。要想办法爬过去，超越过去，即使撞倒它也不要回头！

阅读心语

曾经有人跟我说："一个人可以影响一项历史悠久的运动，一个人可以使这个运动沉沦和再次复兴，而这个人就是乔丹……"

诚然，他的那些优美绝伦的空中表演让世人雀跃，可是最让人所铭记的是他的体育精神，带给无数人积极向上的动力……这就是乔丹，在很多的时候，他更象征着一种精神，一种努力拼搏、积极进取的精神，一种可以使人更加热爱生活，更加进步的精神。

对我们而言，更要学习这种精神，永远不言放弃，在人生的道路上，勇往直前。

（韩安平）

想想这些

杰克·坎菲尔　马克·维克多·汉森

在获致无比丰富的生命体验过程中，如果一帆风顺，那我们将失去一些发自内心深处的无上喜悦。只有穿越黑暗幽深的山谷，到达山顶的时候才会欣喜若狂。

——海伦·凯勒

年轻的伊内蒂·比萨刚从按摩学校毕业后想在加利福尼亚美丽的蒙特雷地区见习接诊。当地的按摩机构告知该地按摩师为数众多，但却没有那么多的病人。于是在4个月中，比萨每天用10个小时挨家挨户地毛遂自荐，上门服务。他总共敲响了12500扇门，和6500个人谈并邀请他们到他未来的诊所就医。作为对他的毅力和诚挚的回报，在接诊的第一个月，他就医治了233名病人，并创下了当月收入72000美元的记录。

开张的第一年，可口可乐公司仅售出了400瓶可口可乐。

超级球星迈克尔·乔丹曾被所在的中学篮球队除名。

瓦尼·格林斯基17岁时是一名出色的运动员。他想从事足球或冰球而出人头地。他最初爱好冰球，但是当他努力训练时，他被告知体重不够。172磅是标准体重，而他只有120多磅，会在冰场淘汰的。

赛拉·霍兹沃斯10岁时双目失明，但她却成为世界上著名的登山运动员。1981年她登上了瑞纳雪峰。

瑞弗·约翰逊，十项全能冠军，有一只脚先天畸形。

赛乌斯博士的处女作《想想我在桑树街看到的》被27个出版商拒绝。第二十八家出版社——文戈出版社，出版了该书并售出600万册。

里查德·贝奇只上了一年大学，之后接受喷气式战斗机飞行员的培训。20个月后他羽翼初丰，却辞了职。后来他在一份航空杂志社任编辑，旋即破产。失败接踵而至。当他写出《美国佬生活中的海鸥》一节时，他仍然觉得前途未卜。书稿搁置8年之久——其间被18家出版社拒之门外。然而出版之后即被译成多国文字，销量达700万册。里查德·贝奇也因此成为享有世界声誉的受人尊重的作家。

作家威廉姆斯·肯尼迪曾著述多篇，但均遭出版商冷遇。直至他的《铁人》一书一举成名。然而就是该书也曾被13家出版社拒之门外。

我的这本《心灵鸡汤》在海尔斯传播公司受理出版之前也曾遭33家出版社的拒绝。全纽约主要的出版商都说："书确实好得很。""但没有人爱读这么短的小故事。"然而现在《心灵鸡汤》系列在世界范围内售出了1700万册，并被译成20种文字。

1935年，《纽约先驱论坛报》发表的一篇书评把乔治·格斯文的经典之作《鲍盖与贝思》评论为"地道的激情的垃圾"。

1902年，《亚特兰蒂克月刊》诗歌版编辑退还了一位28岁诗人的作品，退稿上写："我们的杂志容不下你如此热情洋溢的诗篇。"那个28岁的诗人叫罗伯特·普罗斯特。

1889年，罗迪亚德·开普林收到了圣佛朗西斯科考试中心的如下拒绝信："很遗憾，开普林先生，但你确实不懂得如何使用英语这种语言。"

当艾利斯·赫利还是一个尚未成名的文学青年时，在4年中他每周都能收到一封退稿信。后来艾利斯几欲停止写作《根》这部著作，并自暴自弃。如此9年，他感到自己壮志难酬，于是准备跳海，了其一生。当他站在船尾，看着波浪滔滔，正欲跳海，忽然他听到所有的先人都在呼唤："你要做你该做的，因为现在他们都在天国凝视着你，切毋放弃！你能胜任，我们期盼着你！"在以后的几周里，《根》的最后部分终于完成了。

约翰·班扬因其宗教观点而被关入贝德福监狱。在那里他写出《无路历程》；雷利爵士在身陷囹圄的13年中写出了《世界历史》；马丁·路德被羁押在瓦尔特堡时译出了《圣经》。

温斯顿·丘吉尔被牛津和剑桥大学以其文科太差而拒之门外。

美国著名画家詹姆斯·惠斯勒曾因化学不及格而被西点军校开除。

1905年,艾尔伯特·爱因斯坦的博士论文在波恩大学未获通过,原因是论文离题而且充满奇思怪想。爱因斯坦感到沮丧,但这未能使他一蹶不振。

成功的秘诀之一就是不让暂时的挫折击垮我们。

佳句回味

◎ 在获致无比丰富的生命体验过程中,如果一帆风顺,那我们将失去一些发自内心深处的无上喜悦。只有穿越黑暗幽深的山谷,到达山顶的时候才会欣喜若狂。

◎ 成功的秘诀之一就是不让暂时的挫折击垮我们。

阅读心语

鲁迅说过:"不能真心领得痛苦,也便难有新生的希望。"奥斯特洛夫斯基也说过:"人的生命如洪水奔流,不遇着岛屿和暗礁,就难以激起美丽的浪花。"

人生的道路是曲折的,是坎坷的。但正是因为其中的曲折、坎坷,才铸就了辉煌、孕育了成功,才使我们的生活更精彩、更有意义。

(韩安平)

成功者的黑夜

[印度]拉里库玛

1. 一位面试官拒绝了一个年轻人的请求,因为他的嗓音不符合广播员的要求。面试官还告诉那个年轻人,由于他那令人生厌的长名字,他永远也不可能成名。

这个年轻人就是后来印度电影界的"千年影帝"阿穆布·巴克强。

2. 1962年，4个初出茅庐的年轻音乐人紧张地为“台卡”唱片公司的负责人们演唱他们新写的歌曲。这些负责人对他们的音乐不感兴趣，拒绝了他们发行唱片的请求，其中一位甚至还说：“我们不喜欢他们的声音，吉他组合很快就会退出历史舞台。”

这4个人的音乐组合名字叫做“披头士”。

3. 1944年，“名人录”模特公司的主管埃米琳·斯尼沃利告诉一个梦想成为模特的女孩——诺马·简·贝克说：“你最好去找一个秘书的工作，或者干脆早点嫁人算了。”

这个女孩后来的艺名叫做玛丽莲·梦露。

4. 1954年，“乡村大剧院”旗下一名歌手首次演出之后就被开除了，老板吉米·丹尼对那名歌手说：“小子，你哪儿也别去了，回家开卡车去吧。”

这名歌手名叫艾尔维斯·普雷斯利，绰号“猫王”。

5. 1940年，一位年轻的发明家切斯特·卡尔森带着他的专利走了20多家公司，包括一些世界最大的公司，它们无一例外地拒绝了他。1947年，在他被拒绝7年后，终于，纽约罗彻斯特一家小公司肯购买他的专利——静电复印。

这家小公司就是后来的施乐公司。

6. 有一个黑人小姑娘，在家中22个孩子中排行20，由于她出生时早产而险些丧命。她4岁时患了肺炎和猩红热，她的左腿因此而瘫痪。9岁时，她努力脱离金属腿部支架独立行走。到13岁时，她勉强可以比较正常的行走，医生认为这是一个奇迹。同年，她决定成为一名跑步运动员。她参加了一项比赛，结果是最后一名。随后的几年，她参加每一项比赛都是最后一名。每个人都劝她放弃，但是她还是跑着。直到有一天，她赢得了一场比赛。此后，胜利不断，直到在每一场比赛中取胜。

这个黑人小姑娘就是“黑色瞪羚”威尔玛·鲁道夫，3枚奥运金牌的获得者。

佳句回味

◎ 每个人都劝她放弃，但是她还是跑着。

阅读心语

失败是贯穿一个人人生始末的一种经历，它让人痛苦，让人沉沦，也让人奋起。

人生之中,如果仅有成功,这样的人生是不完整的。

历史上许多成功者,也曾经历过那沉沉的黑夜。如果他们沉迷在当时的黑夜里,就不会有后来的辉煌。“世上无难事,只怕有心人。”只要不放弃自己的理想,那么,坚持到底就是胜利!

(郑振茹)

上帝没有看轻卑微

江 水

他出生在一个平常的黑人家庭,看到父母每天都非常辛苦地干活,然而一年下来收获却非常可怜,他因此而感到自卑,看不到生活的希望。甚至,许多时候,他想他也会像父辈一样穷困潦倒一生。

虽然,他心有不甘,他也想出人头地,也想在伙伴面前显示他的聪明和能干,但是他的同学却不愿意与他玩,甚至还有些嘲弄他。他非常灰心,也不愿意学习了,小小的他已经学会了沉默和忍受。

父亲似乎看出了点什么,告诉他:“人不可能选择出生,但是可以选择努力,如果不努力你不仅不会成功,甚至连求生的资本都不会有。”尽管父亲给他打气,鼓励他,但是他心里仍然有一个疙瘩没有解开。

后来,父亲带着年少的儿子参观梵高的故居。父亲告诉他,梵高是一位非常伟大的画家。他看到梵高的小木床以及裂了口子的皮鞋,他不相信梵高会睡这种小木床,还会穿裂了口的皮鞋。他忍不住问父亲:“梵高是不是一位百万富翁呢?”

父亲告诉他:“梵高是位连妻子都没娶的穷人。”他的心灵震撼了,一个如此伟大的画家,也会是一个这么穷的人。他想,也许穷人一样可以做画家,穷人也可以创造出令人瞩目的伟业来。他开始觉得,自卑是没有用的,因为梵高年少时也许比他还穷。

后来,父亲又带着他去了丹麦,在安徒生的故居前,儿子又困惑地问:“爸爸,安徒生不是生活在皇宫里吗?”父亲回答他:“安徒生是位鞋匠的儿子,他就生活在这栋阁楼里。”

安徒生既然不是生活在皇宫里,为什么他会写出那么美丽的童话呢?而他生活的这栋阁楼是如此平凡和简陋啊!父亲告诉他,他们有一个属于他们自己的世界:梵高有属于自己的太阳,安徒生有一个自己的童话天地。

是的,每一个人都有一个属于自己的天地,也许这个天地与自己的出生、肤色没有任何关系,它是深藏于内心的梦想,只要执著地去追求和创造,就能创造出一个属于自己的世界。其实,这位少年有一个他喜欢的世界,那就是文字,他觉得这是世界上最美丽的东西。

这位父亲是一个水手,他的儿子叫伊东·布拉格——美国历史上第一位获得普利策奖的黑人记者。20年后,伊东回忆童年时说:“那时我们家很穷,父母都靠苦力为生。有很长一段时间,我一直以为像我们这样地位卑微的黑人是不可能有出息的,好在父亲让我认识了梵高和安徒生。这两个人告诉我,上帝没有看轻卑微。”

事实上,很多时候,是出身卑微的人自己看轻了自己,而被环境左右,缺乏主见,最终放弃了自己的正确判断,与成功失之交臂。“上帝没有看轻卑微”,只要你自己不看轻自己,成功一样会青睐你的。

我为布拉格感动,也让自己有了动力。

佳句回味

◎ 事实上,很多时候,是出身卑微的人自己看轻了自己,而被环境左右,缺乏主见,最终放弃了自己的正确判断,与成功失之交臂。

◎“上帝没有看轻卑微”,只要你自己不看轻自己,成功一样会青睐你的。

阅读心语

我们无法选择自己的出身,自己的家庭。

也许你很幸运,有富裕的家庭和有地位的父母,你不要为这些骄傲,因为这些都不属于你。你不是通过努力得到了这一切,你没有骄傲的资本。

也许你出生在贫寒的家庭,没有显赫的身世甚至不能满足温饱。不要泄气,命运的帆绳紧握在你的手里,只要你想,你就能控制命运之舟的方向!

英雄本无种,男儿当自强。不要因为贫穷低贱而自怨自艾,为了美好的将来努力奋斗吧,人生战场的决胜局在明天!

(安春巧)

只要敢想，就可做成任何事

陈明聪

一黑人母亲带女儿到伯明翰买衣服。一白人店员挡住女儿，不让她进试衣间试穿，说："此试衣间只有白人才能用，你们只能去储藏室里一间专供黑人用的试衣间。"可母亲根本不理睬，她冷冰冰地对店员说："我女儿今天如果不能进这间试衣间，我宁可换一家店购衣！"女店员为留住生意，只好领她们去了一间远处的试衣间，自己站在门口望风，生怕有人看到。那情那景，女儿感触良深。

又一次，女儿在店里摸了摸帽子而受到白人店员的训斥，这次又是母亲挺身而出："请不要这样对我女儿说话。"然后，她对女儿说："康蒂，你现在把这店里的每一顶帽子都摸一下吧。"女儿快乐地按母亲吩咐，真把每顶帽子都摸了一遍，女店员只能站在一旁干瞪眼。

对这些歧视和不公，母亲对女儿说："记住，孩子，这一切都会改变的。这种不公正不是你的错，你的肤色和你的家庭是你不可分割的一部分，这没有什么不对。要改变自己低下的社会地位，就要做得比别人更好，你才有机会。"

从那刻起，不卑不屈，成了女儿受用一生的财富。她坚信只有教育才能让自己做得比别人更好，教育不仅是她自身完善的手段，还是她捍卫自尊和超越平凡的武器！

后来，这位出生在亚拉巴马伯明翰种族隔离区的黑丫头，荣登"福布斯"杂志"2004 全世界最有权势女人"的宝座，她就是现任美国国务卿赖斯。

赖斯回忆说："母亲对我说，康蒂，你的人生目标不是从'白人专用'的店里买到汉堡包，而是，只要你想，并且奋斗，你就有可能做成任何大事。"

记得，黄家驹有首歌唱道：黑色肌肤给他（她）的意义，是一生奉献；肤色斗争中，可否不分肤色的界限，愿这土地里，不分你我高低……无奈，现实还是有了界限，分了高低；在这个世界上，种族的歧视和社会的不公还随处可见。但这并不意味着，我们就丧失了一切选择的权利。因为，歧视和不公在制造了灰暗的同时，还催生了奋斗。

是的，我们无法选择种族血缘，无法选择身体发肤，但我们可以选择奋斗。

在没有得到你的同意前，任何人都无法让你感到自惭形秽。这正如赖母所说，只要你想，并且奋斗，你就有可能做成任何事。

佳句回味

◎ 我们无法选择种族血缘，无法选择身体发肤，但我们可以选择奋斗。

◎ 只要你想，并且奋斗，你就有可能做成任何事。

阅读心语

生命本是平等，但社会某层面的阴暗和冷酷还是造就了很多不公。

我们的种族血缘、身体发肤都是传承着祖辈的希望，它不是我们的负担和卑微，而是我们的骄傲。既然它们选择了你，那就要把这一切光明地展示于人前。

赖斯的母亲教给赖斯承认自己，并为自己的理想去奋斗。在不平等面前，只有比别人做得更好，才有机会把它改为公平。

只要你想，并且奋斗，你就有可能做成任何事。

（刘罡）

顽石的启示

叶　静

一位女子嫁到这个农场时，那块石头就在屋子拐角。石头样子挺难看，直径约有一英尺，凸出两三英寸。

一次她全速开着割草机撞在那石头上，碰坏了刀刃。她对丈夫说："咱们把它挖出来行不行？""不行，那块石头早就埋在那儿了。"她公公也说："听说底下埋得深着哪。自从内战后你婆婆家就住在这里，谁也没能把它给弄出来。"

就这样，石头留了下来。

她的孩子出生了，长大了，独立了。她公公去世了，后来，她丈夫也去世了。

现在她审视这院子，发现院角那儿怎么也不顺眼，就因为那块石头，护着一堆杂草，像是绿草地上的一块疮疤。

她拿出铁锹，振奋精神，打算哪怕干上一天，也要把石头挖出来。谁知她刚伸手那石头就起出来了，不过埋得一尺深，下面比上面也就宽出去六寸左右。她用撬棍把它撬松，然后搬到手推车上。这使她惊愕不已，那石头屹立在地上时间之长超过人们的记忆，每人都坚信前辈人曾试图挪动它，但都无可奈何。仅因为这石头貌似体大基深，人们就觉得它不可动摇。

佳句回味

◎ 仅因为这石头貌似体大基深，人们就觉得它不可动摇。

◎ 阻碍我们去发现、去创造的，仅仅是我们心理上的障碍和思想中的顽石。

阅读心语

那石头给了那女子启迪，她反倒不忍把它扔掉。她将它放在院中的醒目处，并在周围种了一圈长春花。它提醒人们：阻碍我们去发现、去创造的，仅仅是我们心理上的障碍和思想中的顽石。

所以，如果你觉得困难无法跨越，请用行动去证明你的猜测，否则，被虚夸了的困难绊住前行的脚步，多么遗憾。

（王云峰）

3 时间不等任何人

我最清晰和最深刻的足迹，应是书桌下边，水泥地面上那两个被自己的双足磨成的浅坑。我的时光只有被安顿在这里，它才不会消失，而被我转化成一个个独异又鲜活的生命，以及一行行永不褪色的文字。然而我一年里把多少时光抛入了尘嚣，或是支付给种种一闪即逝的虚幻的社会场景，甚至有时属于自己的时光反成了别人的恩赐。

时间纽扣

林 轩

从前，有个年轻人和他的情人相约在一棵大树下见面。他性子急，很早就来了。虽然春光明媚，鲜花烂漫，但他急躁不安，无心观赏，颓废地坐在大树下长吁短叹。

忽然他面前出现了一个小精灵。“你等得不耐烦了吧！”精灵说：“把这个纽扣缝在衣服上吧。要是遇上不想等待的时候，向右旋转一下纽扣，你想跳过多长时间都行。”

小伙子高兴得不得了，握着纽扣，轻轻地转了一下。啊！真是奇妙！情人出现在他的眼前，正脉脉含情地望着他呢！要是现在就举行婚礼该有多棒呀！他心里暗暗地想着。他又转了一下，隆重的婚礼、丰盛的酒席出现在他的面前，美若天仙的新娘依偎着他，乐队奏响着欢乐的音乐，他深深的陶醉其中。他看着美丽的新娘，又想，如果现在只有我们俩该多好！不知不觉中纽扣又转动了一点，立刻夜阑人静……

他心中的愿望层出不穷，我还要一所大房子，前面是我自己的花园和果园。他转动着纽扣，我还要一大群可爱的孩子，顿时，一群活泼健康的孩子在宽敞的客厅里愉快的玩耍。他又迫不及待地将纽扣向右转了一大半。

时光如梭，还没有看到花园里开放的鲜花和果园里累累的果实，一切就被茫茫的大雪覆盖了。再看看自己，须发皆白，早已经老态龙钟了。

他懊悔不已：我情愿一步步走完人生，也不要这样匆匆而过，还是让我耐心等待吧。扣子猛地向左转动了，他又在那棵大树下等着可爱的情人。他的焦躁已经烟消云散了，心平气和地看着蔚蓝的天空，鸟叫声是如此悦耳，草丛里的甲虫是那么可爱。原来，人生不能跳跃着前行，耐心等待才能让生命的历程充满乐趣。

佳句回味

◎ 人生不能跳跃着前行，耐心等待才能让生命的历程充满乐趣。

阅读心语

曾经有好长一段时间我无所事事，满脑子都是考上大学后的美好憧憬。我多像一个登高者啊，拼命地往上爬，急于想看到山顶的风景，却忽视了沿途的一草一木。

不禁想起透过车窗看到的远处长满松柏的小山，光秃秃的树，散落的几户红砖的瓦房，慢吞吞劳作的村民，就像一幅清淡的水墨画，隽永而美丽，而这样的画面我多久没看到了。

不妨放慢脚步，悠闲地去看一看天空云卷云舒，地上花开花落，那时便会感到生活如一棵开满小花的树，静静地散发出清香，芬芳迷人。

（刘炯）

明天，你有还不完的债

刘红杰

日本的著名导演兼演员北原武处在事业低谷时，逢母亲去世，他回家乡奔丧。

北原武一直不喜欢母亲，因为母亲不断向他要钱，并且随着自己的名气越来越大，母亲索取钱财的数目不时看涨。只要他一个月没有寄钱回家，母亲就打电话来破口大骂。

北原武的生活因此一直很紧张，他向很多朋友抱怨，除了自己的母亲，他没有再见过别人有这样的母亲。

不过，在母亲去世后，所有的埋怨与巨大的悲痛相比，都是那样的微不足道。北原武忍不住大哭一场，想到自己一直在外，妈妈总是向自己要钱，一定是她很需要钱。给母亲钱是儿子的分内事，而自己没有好好供养妈妈，好多次，都是等到她打电话来催，像是讨债一样，自己才应付了事。他觉得自己亏欠了母亲很多。

办完丧事，仿佛很多事情都已经了结。北原武收拾停当，准备出门。他的大哥走过来，拿着一个盒子，说："这是妈妈让我交给你的"。北原武小心翼翼地打开，里面是一本存折和一封信。存款用他的名字开户，金额高达数千万日元，信是给自己的，上面写道："武儿，在这几个儿女当中，我最担心的就是你。你从小就不喜欢念书，又乱花钱,对朋友太慷慨,当你说要去东京打拼时,我就怕你会变成一个落魄的穷光蛋,因此我不停地要你寄钱回家。这样一方面可以刺激你去赚更多的钱,另一方面也为了替你储蓄,因为你赚的一块钱不是你的一块钱,你存的一块钱才是你的一块钱。如果单纯让你存钱,你很难坚持,记住,对于明天的自己,你有还不完的债。"

看完了信,北原武哭倒在地。后来,这些话和这笔钱把北原武带到了事业的高峰。

佳句回味

◎ 你赚的一块钱不是你的一块钱,你存的一块钱才是你的一块钱。

◎ 对于明天的自己,你有还不完的债。

阅读心语

母亲永远是站在比我们高远的地方来爱我们的。孟子的母亲在孟子还不知道环境为何物时就为他煞费苦心地搬迁,寻找良木之林;北原武的母亲在儿子刚刚为挣到的钱而兴奋时便开始为他储蓄。母亲,因为爱我们而未雨绸缪!

让我们在母亲的爱里学会——为明天做好准备!因为也许明天,你就有还不完的债。

(李桂花)

我小时候也是左撇子

段华先

因为是左撇子,我认为自己是天下最笨拙最倒霉的人。本来秩序井然的事情到我手里总是一团糟:吃饭时把别人的筷子撞掉,握手时措手不及……人们总在惊讶:"天哪,你为什么要用左手!"没有人愿意与我同坐一桌,没有人愿意与我玩耍、交朋友,我处处小心翼翼,可带给别人的还是不快与麻烦。在孤独与沮丧中,我恨透了自己的左手，抱怨上苍的不公。

小学三年级时，学校进行广播体操比赛，班上要推选一位在队前领操的同学，年轻的班主任说："段华先，你去领操吧。"坐在角落的我窘迫地站起来，结结巴巴地说："可我是左撇子呀。"

女老师轻轻地笑了："那有什么关系，领操又不分左右手，你一定行的。"下课时，老师又特地走到我身边，悄悄说："告诉你一个秘密，我小时候也是左撇子。现在不是照样当了老师?!"一句平平淡淡的话改变了我对生活的态度，那天我看到了世上最美最美的笑容，一个从小自卑怯懦的男孩开始有了自信与希望。随着一天天长大，我越来越知道左撇子并不笨拙愚钝，只是一般的工具或者规则都是从方便"右撇子"出发的。可那有什么关系，在以"右"为中心的世界，我虽然付出了比别人艰辛数倍的努力，但也练就了我双手"左右开弓"的能耐，工作往往比别人做得更好更出色。我拥有一只比别人更能干的左手，我为自己的左手骄傲。

最重要的是左撇子的种种经历，使我懂得用积极乐观的态度去看待每一件事情：别人用右手写着漂亮的字，画着美丽的画；我的左手同样能够拿起笔，像别人一样写着漂亮的字，画着美丽的画。在左手的鼓励赞赏下，右手也歪歪扭扭地勇敢前行，也写出同样漂亮的字，画出同样美丽的画。而通向美丽生活之路，又何尝不是如此。

当然，我已经知道年轻的女老师从小根本不是左撇子。

佳句回味

◎ 在左手的鼓励赞赏下，右手也歪歪扭扭地勇敢前行，也写出同样漂亮的字，画出同样美丽的画。而通向美丽生活之路，又何尝不是如此。

阅读心语

一句话，一辈子，一生情！一句悄悄而鼓励的话，开启了一扇紧闭的心门，让阳光射进一个不一样的人生轨迹。年轻的女老师因为亲切而更美丽，她用爱来教育着孩子，她实践了教育的真谛。

感谢美丽的女老师，让一个孩子找到了通向美丽生活的道路。

（田丽娟）

时　光

冯骥才

一岁将尽，便进入一种此间特有的情氛中。平日里奔波忙碌，只觉得时间的紧迫，很难感受到"时光"的存在。时间属于现实，时光属于人生。然而到了年终时分，时光的感觉乍然出现。它短促、有限、性急，你在后边追它，却始终抓不到它飘举的衣袂。它飞也似的向着年的终点扎去。等到你真的将它超越，年已经过去，那一大片时光便留在过往不复的岁月里了。

今晚突然停电，摸黑点起蜡烛。烛光如光明的花苞，宁静地浮在漆黑的空间里；室内无风，这光之花苞便分外优雅与美丽；些许的光散布开来，朦胧依稀地勾勒出周边的事物。没有电就没有音乐相伴，但我有比音乐更好的伴侣——思考。

可是对于生活最具悟性的，不是思想者，而是普通大众。比如大众俗语中，把临近年终这几天称做"年根儿"，多么真切和形象！它叫我们顿时发觉，一棵本来是绿意盈盈的岁月之树，已被我们消耗殆尽，只剩下一点点根底。时光竟然这样的紧迫、拮据与深浓……

一下子，一年里经历过的种种事物的影像全都重叠地堆在眼前。不管这些事情怎样庞杂与艰辛，无奈与突兀，我更想从中找到自己的足痕。从春天落英缤纷的京都道藏院到冬日小雨连绵的雅典德尔菲遗址；从重庆荒芜的红卫兵墓到津南那条神奇的蛤蜊堤；从一个会场到另一个会场，一个活动到另一个活动中，究竟哪一些足迹至今清晰犹在，哪一些足迹杂沓模糊甚至早被时光干干净净一抹而去？

我瞪着眼前的重重黑影，使劲看去。就在烛光散布的尽头，忽然看到一双眼睛正直对着我。目光冷峻锐利，逼视而来。这原来是我放在那里的一尊木雕的北宋天王像。然而此刻他的目光却变得分外有力。它何以穿过夜的浓雾，穿过漫长的八百年，锐不可当、拷问似的直视着任何敢于朝他瞧上一眼的人？显然，是由于八百年前那位不知名的民间雕工传神的本领、非凡的才气，他还把一种阳刚正气和直逼邪恶的精神注入其中。如今那位无名雕工早已无了踪影，然而他那令人震撼的生命精神却保存下来。

在这里，时光不是分毫不曾消逝么？

植物死了，把它的生命留在种子里；诗人离去，把他的生命留在诗句里。

时光对于人，其实就是生命的过程。当生命走到终点，不一定消失得没有痕迹，有时它还会转化为另一种形式存在或再生。母与子的生命的转换，不就在延续着整个人类吗？再造生命，才是最伟大的生命奇迹。而此中，艺术家们应是最幸福的一种。唯有他们能用自己的生命去再造一个新的生命。小说家再造的是代代相传的人物，作曲家再造的是他们那个可以听到的迷人而永在的灵魂。

此刻，我的眸子闪闪发亮，视野开阔，房间里的一切艺术珍品都一点点地呈现。它们不是被烛光照亮，而是被我陡然觉醒的心智召唤出来的。

其实我最清晰和最深刻的足迹，应是书桌下边，水泥的地面上那两个被自己的双足磨成的浅坑。我的时光只有被安顿在这里，它才不会消失，而被我转化成一个个独异又鲜活的生命，以及一行行永不褪色的文字。然而我一年里把多少时光抛入了尘嚣，或是支付给种种一闪即逝的虚幻的社会场景，甚至有时属于自己的时光反成了别人的恩赐。检阅一下自己创造的人物吧，掂量他们的寿命有多长。艺术家的生命是用艺术的生命计量的。每个艺术家都有可能达到永恒，放弃掉的只能是自己。是不是？

迎面那宋代天王瞪着我，等我回答。

我无言以对，自感狼狈。

忽然，电来了，灯光大亮，事物通明，恍如更换天地。刚才那片幽阔深远的思想世界顿时不在，唯有烛光空自燃烧，显得多余，再看那宋代的天王像，在灯光里仿佛换了一个神气，也不再那样咄咄逼人了。

佳句回味

◎ 对于生活最具悟性的，不是思想者，而是普通大众。

◎ 当生命走到终点，不一定消失得没有痕迹，有时它还会转化为另一种形式存在或再生。

阅读心语

时光，是流经生命的河流，冲刷着我们的身体，带走那娇俏的容颜，在光洁的额头洗刷出一道道皱纹。终究有一天，我们的生命也会在这河流里被带走。

然而，我们的生命就会因此结束吗？不，它还在延续，不仅仅是母与子生命的延续。在这时光的河流里，诗人的诗句是时光永远也带不走的，作曲家的音乐是时光永远也带不走的。而他们的生命也因为这美好的创造而永远存活，我们也在这时光里留下自己的印记，那是对生命的珍惜。

时光可以带走生命，却带不走我们的创造，那些精神的、物质的创造，将存留在时光的河流中，向后人诉说那些曾经鲜活的生命。

（曹立巍）

保持天真

［法］卢梭

人人都有趋善避恶之心。它不是后天养成的，如同人的自爱一样，是天生的，是大自然赋予我们的。良心的作用，并不是判断，而是感觉：尽管我们所有的观念都得自外界，但是衡量这些观念的情感却是自足的；通过情感，我们才能明了，在应当趋避的事物之间存在哪些利弊。

存在就是感觉。感觉毫无疑问先于我们的智力，我们先有感觉，而后才有观念。自然为了保持我们，使我们具备了适合于我们天性的情感；这些情感是自发的——对自己的爱，对痛苦的忧虑，以及对死亡的恐惧和对幸福的向往。

仅有物质之需，只会使人类互相排斥而不互相聚集。但是人天生是合群的，他具有与他的同类同气相求的情感。这种对自己同时也是对同类的双重情感，形成了一系列使人成为合群的道德关系；良心之所以能激励人，正是因为存在着这些关系。知道善，并不等于趋向善；人虽然不是生来就知道善，但是，一旦他的理智使他认识到了善，他的良心就会使他爱善；我们每个人得自天赋的这种情感，就是人类得以共同生活的基础。

良心出自我们的天性，它是我们天性的结果，它是独立于理智的。如果过多的判断使我们眼花缭乱，把要看的东西弄得模糊不清，那就等我们微弱的目光恢复过来，变得锐利的时候再看；这时候，在理智之光的照耀下，大自然最初把它们摆在我们面前的样子，就会活生生地呈现出来；说得更确切一点，那就是：我们一定要保持天真，少故弄玄虚；我们必须具备的情感，应当以我们内心最初经验的那些情感为起点……只要我们的观察不使我们走入歧途，这些情感就会不断在我们心中恢复。

佳句回味

◎ 我们一定要保持天真，少故弄玄虚；我们必须具备的情感，应当以我们内心最初经验的那些情感为起点……只要我们的观察不使我们走入歧途，这些情感就会不断在我们心中恢复。

阅读心语

天真不是幼稚，就如同心机不是世故那样，必要的天真和必要的心机对于你我的成长有极大的作用和需要。必要的天真，使得我们面前犹如原野一般宽阔，因为你自己的纯真可以击溃他人的锐剑，这是"以柔克刚"；而必要的心机，又可以让你有面对他人的自卫武器，这使你不去伤及他人，但有防范的举措。

人生的旅途碎石林立，如何才能过五关，斩六将，不学点技巧是不行的。可最重要的还是，在历经千难万险后还保有一颗赤子之心。

（王刚）

智慧把我们带回到童年

［法］帕斯卡尔

好的恐惧来自信仰，坏的恐惧来自怀疑。这种恐惧不是来自人们对上帝的信仰，而是来自人们对上帝的怀疑。好的恐惧和希望搀杂在一起，因为它是由信仰产生的，并且因为我们敬仰着我们所信奉的上帝；而坏的恐惧则和绝望结合在一起，因为我们恐惧着我们所根本不信的上帝。前一种恐惧是因为害怕失去上帝，后一种恐惧则是害怕找到上帝。

有人说："奇迹会增强我的信心。"他们这样说，是因为他们并未看到奇迹。理智从远处看来，好像是束缚了我们的眼界；然而当我们达到那里的时候，我们就又开始看到更远的了。任何东西都阻止不了我们精神的流动。可以说，没有一种准则是没有某些例外的，也没有一种真理是放在四海而皆准的，竟没有某些方面是它无法解释的。只要它并不是绝对的普遍，而可以让我们对当前的课题有援引例外的余地，并且说"它并不永远是真的，因而就某些情况看并非如此"——这样就够了。另有待于指出的就只是，这一点本身也是如此；而这就是为什么假如有一天我们并没有发现例外，我们就会非常之尴尬或者非常之不幸的缘故了。

我们绝不会对天天都要吃饭睡觉而感到无聊，因为饥饿是不断出现的，困倦亦复如此；如若不然，我们就要对它们感到无聊了。同样，没有对于精神事物的饥渴，我们也会感到厌倦。

理智的最后一步，就是要承认有无限的事物是理智无法解释的；假如它没有能达到认识这一点，那它就只能是脆弱的。

假如自然的事物是超乎理智之外的，那么我们对超自然的事物又该说什么呢？顺从——我们必须懂得在适当的地方怀疑，在适当的地方肯定，在适当的地方顺从。不这样做的人，就无法理解理智的力量。有些人是反对这三项原则的；或者由于未能认识证明而肯定一切都是可证明的，或者由于不懂得在什么地方必须顺从而无端地怀疑一切，或者由于不懂得在什么地方必须下判断而对一切都顺从。

智慧把我们带回到童年。

佳句回味

◎ 好的恐惧来自信仰，坏的恐惧来自怀疑。这种恐惧不是来自人们对上帝的信仰，而是来自人们对上帝的怀疑。

◎ 我们绝不会对天天都要吃饭睡觉而感到无聊，因为饥饿是不断出现的，困倦亦复如此；如若不然，我们就要对它们感到无聊了。同样，没有对于精神事物的饥渴，我们也会感到厌倦。

阅读心语

智慧的心语总是让我们感受到来自更深层的力量，这种力量平常总是隐而不发，但关键时刻一旦出击立刻叫对方败下阵来，这正是它无所不达的力量所在。当我们相信理智可以战胜一切的时候，理智往往叫我们失望；必须承认还有一些东西是我们无法用科学去解释的。好像科学一定要在某种程度上与幻想沾边，才能更好地发挥其能。

这或许也是为什么在我们童年时能创造出令大人吃惊的玩意儿，说出比大人们头脑中还更具哲理的冥思。那时候什么都不懂，却比现在什么都懂更受智慧的青睐。

（郑国强）

时间——人生的财富

佚　名

据说，在瑞士，婴儿一降生，医院就会立即打开计算机，通过户籍网络，在户籍卡中为孩子登记姓名、性别、出生时间及财产等诸项内容。这里特别有趣的是，所有的瑞士人在为孩子填写拥有的财产时，写的都是“时间”两字。

中国人却不然。几千年来，所有做父母的都认为孩子降临人世时一无所有，因此，一代代人沿袭“赤条条来”之说。孩子既是可怜到身无寸缕，那么，做父母的就得终身当牛做马地为儿孙劳碌奔波，给孩子穿金戴银，为孩子攒钱聚财。

其实，上帝是公平的，不论是东方出世的孩子，还是西方出世的孩子，从降临人世的那一刻起，上帝都给予了他们同样多的时间。只不过不同的人对时间各有不同的用途。你可以用时间开发书山墨海，求学淘金，他可以用时间开发空虚无聊，聚赌玩牌；你可以支出自己的时间披星戴月地在田畴挥洒汗水争夺几许收成，他可以支出自己的时间在歌厅酒吧泡它昏天黑地，图个感官刺激；你可以用自己的时间去换取博士学位、科技发明、奖杯桂冠，他可以用自己的时间去换取攀附心术，官场权谋，头顶乌纱……

如此说来，瑞士人在“财富”一栏里为出生婴儿填上“时间”两字，是太过于自信了；中国人认为人是“赤条条来”又太过于悲观了。

时间不一定等于财富，也不一定等于虚无，支出时间所获得的结果是多元的。然而，人类的价值取向大趋势总是朝文明、先进的方向发展，甘愿支出时间而获得贫穷、堕落、无知和犯罪的人毕竟是极少数。正因为如此，世界上贫穷拮据的父母亲们，不必因为没有万贯家财留给孩子而遗憾；家产豪富的父母亲们，不要因为拥有钱财而对孩子的未来盲目乐观。

奥莱夫的父母是瑞士西部伐姆兰省乡下最贫苦的佃农，他出世的时候家里最值钱的财产就是一支鸟枪和三只鹅。他那身着华丽甲胄的表叔抱着他的宝贝儿子帕尔丁讥笑他的父母说："你那儿子注定是看鹅的穷鬼。"奥莱夫的父母气愤地说："我们的奥莱夫是富翁，只须支付20年时间，他就会雇你的帕尔丁当马夫。"20年只是正常人生的四分之一。奥莱夫从6岁起就读路德的《训言集》，上中学后，他就懂得把时间分配得精密，使每年、每月、每天和每小时都有它特殊的任务。一次，他在作文里写下"谁盗窃奥莱夫一分钟的时间，谁就是在盗窃瑞士。"老师高度评价他："将来一定是国家的栋梁。"20岁的时候，奥莱夫果然创造了一项重大发明，成为瑞士出类拔萃的科学家。

看来，人生第一要紧的是把组成生命的时间，一分一秒地支付到自己崇高的生活目标上去。因为我们的生命是热切的，愿望是强烈的，时间在敲着离别之钟，只有把踏着秒针的每一步攀登感觉是在挽救太阳落山，那么，我们才会把沸腾的热血，青春的生命，闪光的智慧，百折不挠的拼搏交付在夜幕降落之前。

佳句回味

◎ 时间不一定等于财富，也不一定等于虚无，支出时间所获得的结果是多元的。

◎ 人生第一要紧的是把组成生命的时间，一分一秒地支付到自己崇高的生活目标上去。

阅读心语

有人说："时光就像一辆畜力车，它的速度取决于我们手中的鞭子。"我说："时间就是等到失去了以后才追悔莫及的自然产物。"

上帝对世人是极为公平的，我们生来的第一笔财富就是时间。

我们天生就是时间的主人，有的人惜时如金，有的人则挥霍时间。当时间悄然而逝的时候，没有多少人能觉察到，可是，等你发现的时候，它已经一去不复返了。

时间原来是如此的灿烂，它有着几分神奇，伴着几分崇高，然而又带着几分沉重……

（张燕）

别等那个特别的日子

张 鹰

朋友约我周游欧洲10小国，尽管我有这个时间，但我还是说，等我“解甲归田”后再说吧；我想买一台多功能的健身按摩器，尽管我有支付这笔费用的能力，我犹豫再三还是说，等我儿子工作后再考虑吧；我有一套玲珑剔透的水晶酒具，锁在柜子里舍不得用，总想等一个特别的日子“举杯邀明月”；我有自己喜爱的漂亮的衣服，但总把它挂在衣橱里，想等一个特别的日子“闪亮登场”，常是等着等着，等过了式样，等小了腰身……

我的母亲在世时非常节俭，她有句口头禅叫“平时要好看，出门无新鲜”。她喜爱的衣饰鞋袜一定要等“出门”才穿，而她“出门”的机会少之又少。母亲去世后，我在樟木箱里翻出她一直舍不得穿的锦缎丝棉袄。我忘不了每年晒夏时，母亲总要摩挲着丝棉袄说要穿一次，可她没有等到那个美丽的日子。

我的婆母健在时，向往乘坐一次飞机，当我们有机会陪她外出时，她说等她过生日的时候去，这样才有意义。不想，一个月后婆母突然生病，还未等到生日就离开了我们。

等待，本应该给人以憧憬、希望和慰藉，但落空了的等待，却是遗憾、悔恨和哀伤。

我们总觉得明天就像长江水日夜东流无歇时，忽视了日子似黄河之水不复回的残酷，忽视了人生“朝如青丝暮成雪”的迅疾，忽视了步入暮年的生命会有不堪一击的脆弱。老人健在时，就像天上的星辰，因为每晚闪亮，我们想不起来抬头望望天空；忽然陨落，我们才痛心疾首。

等待那个特别的日子，使我们错过了尽孝的机会，辜负了为儿女操劳一生的妈妈。

真的，没有什么比现在更好，生活中的每一刻都是宝贵的。不要等美好的时光消失殆尽后，才去寻找它的可爱之处，趁着感觉敏锐、灵气未消，珍惜自己和亲人的每一个小小的愿望，满足自己和亲人的每一次小小的享用，鼓励自己和亲人的每一次小小的尝试……

在花满枝头的季节里，不要错过美丽；在落英缤纷的日子里，不要忽略馨香；在旭日东升的一刻，去追赶清新与辉煌；在夕阳西下的时分，去享受从容和安宁……

尽管，对于物质上的享用，国人有精打细算、细水长流的传统习惯；有“常将有日思无日，莫待无时想有时”的忧患意识，这些都是生活的熔炉里中提炼出来的黄金，永远没有错。但是，切不要做无谓的等待，要知道幸福是一段旅程而不是终点，少一分等待，就少一分遗憾。虽然，人的一辈子或许要经历许多遗憾事，而我觉得，人生最大的遗憾，莫过于不去听从心灵的呼唤和渴求。

珍惜今天，享受今天。拥有无数个属于自己的今天，才算拥有一个快乐的人生。

佳句回味

◎ 要知道幸福是一段旅程而不是终点，少一分等待，就少一分遗憾。

◎ 人生最大的遗憾，莫过于不去听从心灵的呼唤和渴求。

◎ 珍惜今天，享受今天。拥有无数个属于自己的今天，才算拥有一个快乐的人生。

阅读心语

笔者的母亲在世时非常节俭，她有句口头禅叫“平时要好看，出门无新鲜”。她喜爱的衣饰鞋袜一定要等“出门”才穿，而她“出门”的机会少之又少。于是一次次可以美丽的时刻却被一个个错过。

我们总觉得日子还长，于是总觉得孝顺的时间还多，补偿的机会还多，不急于一时，于是当父母忽然离我们而去时，留下的只有不可弥补的遗憾。所以珍惜今天，享受今天，拥有无数个属于自己的今天，才算拥有一个快乐的人生。

（刘炯）

下一季会开的灿烂

辛 帆

他的父母是从墨西哥移民到美国的。

父亲是一个酒鬼，经常酗酒，喝醉后便拿母亲出气，所以，自幼他便见惯了母亲被拳打脚踢的场面。

后来，父亲终于抛妻弃子，跟另外一个女人结了婚，而且生了个孩子。自此，父亲彻底把他忘记。

失去父爱，他变得无心向学，经常打架，抽烟，与女孩子约会，甚至在身上刺青。他成了学校典型的问题少年，老师、同学都对他感到绝望。

由于违反纪律的次数太多，学校把他开除了。母亲苦苦地哀求，不得已，他转到另一间学校继续读书，可是他并没因此而改好，反而变本加厉，变得更坏。过了不久，这所学校也把他赶了出去。

眼看儿子一天一天地堕落，母亲感到非常伤心。

有一次，母亲给他写了一封情真意切的信，其中有这样的一段话："看来你已经对自己失去了信心，但妈妈却从来没有对你失去信心。"看了母亲的话，他心中似乎有根弦被拨动了。他决定洗心革面，回到正常的生活轨道上来。他断绝了与狐朋狗友的一切往来，重新拿起课本，走进一所夜校。他很珍惜这个机会，在夜校里非常勤奋地学习，抓紧一切时间补习功课。

几年后，他以优异的成绩考上了洛杉矶加州大学。在大学里，他不但成绩优秀，而且十分热爱社会活动。大学毕业后，他走上了从政之路。1994 年，他出任加州议长；2001 年，他角逐洛杉矶市长，但失败；2003 年，他当选为洛杉矶市议员；2005 年 7 月，他当选为洛杉矶市市长。他便是美国政界的传奇人物维拉莱格萨。

有谁想得到这样一个问题少年日后能取得这样的成就呢？关键的是要有人不放弃他，给他鼓励和支持。正如大自然里的花，这一季开得不好不要紧，或许在下一季，它们会开得很灿烂。

佳句回味

◎ 大自然里的花，这一季开得不好不要紧，或许在下一季，它们会开得很灿烂。

阅读心语

人的一生并不是永远能够一帆风顺的，当生活的轨道发生了严重的偏移，一味的沮丧、堕落，那是懦者才有的表现。

就像故事中所写的，一个从小耳濡目染家庭暴力的孩子，生活对他来说已是惘然。他曾一度消沉，用自己年幼的心志来抗拒生活的不公，本已放弃了自己的他，详读了母亲那封情真意切的书信时，顿时醒悟！经历了生活的种种之后，凭借他顽强的生存欲望最终获得了的丰硕成果！

正如大自然的花，经过阳光的洗礼后，将会在下一个季节里开出灿烂的花朵。

（魏继发）

100分的谎言

海 宁

我看着作文发呆。作文是杜卡卡写的，题目是《我的爸爸》：

“我的爸爸是一名科学家，他高高的个子，穿着漂亮的西服，戴着眼镜，他还戴着金子做的手表。他非常了不起，因为他发明了许许多多的东西。他常常坐飞机去许多地方，每次回来都给我买最漂亮的衣服。他有许多许多钱，多得能买100栋房子……我的爸爸，他是个伟大的人。”

杜卡卡，一个10岁的小姑娘，比同龄孩子低一些，瘦瘦的，身上的衣服好像从来没有合身过，一看就知道是大孩子穿剩的。她很自卑，上课从来不回答问题，如果提问她，她就会低着头一直不说话，两只手不停地搅缠着。可就是这样一个孩子，竟然写了这样一篇作文！一看就知道是假的，假得简直离了谱。她的这篇作文几乎发挥了对有钱人全部的想象力，她说了很多遍，爸爸有很多很多钱，说他的手表是金子做的，好像在她小小的心里，只有钱和金子才是伟大的、了不起的，她甚至单纯地认为科学家是最有钱的，因此她没有给她的爸爸安排另外的身份。若换了别的学生，我可以理解，小孩子都虚荣，但杜卡卡实在不像那种爱撒谎的孩子。我决定去她家看一看，做一次家访，在她上课的时间。

我很容易就打听到了她的家，在村子最西头。两间简陋的房子，院子有一半是敞开的，没有封闭完整。我走进半敞的院子，屋门是开着的，里面光线不太好，看不清楚什么。我站在门边问了一声："家里有人吗？"

半天，听到屋里有人应了一声，随后，一个瘦弱的中年妇女走了出来，看到我，她愣了一下，神情慌乱地说："小何老师，你，你怎么来了？……"

显然，她是认得我的。想必她便是杜卡卡的母亲。

"我做家访，"我说，"过来看看。"

她慌忙让我进屋，说完了，又懊悔起来，语无伦次地说："不进了，不进了，屋里暗着呢，又……又脏，你等着，我拿凳子给你坐……"然后，不等我有任何举动，飞快地进屋搬出一个凳子放在门口。又说："我给你倒水。"转身又进了屋。进进出出忙活半天，她才在我的劝说下，拿了凳子坐在我对面，眼神依旧很慌乱地问："卡卡……这孩子是不是在学校惹事了？"

"没有。"我笑笑，"我就是来看看，卡卡什么事也没有。"

她好像松了一口气，说："那就好……我平时也没空管她，让你们老师多操心了。"

我同她闲聊了几句，就转到了想说的话题上："卡卡的爸爸不在家吗？"我问她。

女人又是一愣，眼神飞快地暗了下去，片刻，低下头说："卡卡没爸爸，她还没出生，她爸就死了。"

这回愣住的是我。

沉默片刻，女人说："这些年我也想给卡卡找个爸爸，可是一直没找到合适的。家里穷得厉害，卡卡是穿着百家衣长大的，我也不知道怎么跟孩子说，我不识几个字，不会教育她，有时候没办法就告诉她，要好好学习，长大当科学家，就会有很多钱，很多新衣服……这孩子，她学习用功吗？"

我的眼睛潮湿了。在这个10岁孩子的心里，对生活有着很大的梦想，而她还太小，要过很多年才能去试着实现她的梦想，所以在她小小的心里，更愿意把梦想寄托给她从未见过面的、天堂里的爸爸。那是她心目中的爸爸，是她梦想中的生活。

第二天，我在课堂上朗读了杜卡卡的作文，我改掉了作文中一些词句，比如金子做的手表，比如很多很多钱……改成她有很多很多爱，她把这些爱给了很多很多人……在我朗读这些话的时候，我看到杜卡卡慢慢地抬起了她一直习惯低着的头，眼泪扑簌簌地流满了那张瘦瘦的小脸。可是她的唇角，却慢慢地绽出两朵小花来。

这是一个谎言，我给了100分，因为我知道，有一天这个谎言会成真，会实现。

佳句回味

◎ 这是一个谎言，我给了100分，因为我知道，有一天这个谎言会成真，会实现。

阅读心语

人人都说谎言是最令人生厌的东西，将黑说成白，欺人又欺己。其实谎言的背后不仅仅是自私、恶意与背叛。谎言可能来自于一颗想要一个爸爸的童心，一个期盼完整家庭温暖的梦想。

真实也许太过残忍，所以，请不要轻易地丢弃或责骂一个没有恶意的谎言，它的出现一定是经过了一番挣扎，需要很大的勇气去克服自责与羞怯。请善待一个美丽的谎言，它不会伤害任何人，这个小小的谎言也许是一个梦想的寄托，一个满怀期待的渴望。多一些鼓励与帮助，谎言自然会变成即将成真的希望。

（安春巧）

别让时间追着你跑

佚　名

歌德说：我们都拥有足够的时间，只是要好好善加利用。一个人如果不能有效利用有限的时间，就会被时间俘虏，成为时间的弱者。一旦在时间面前成为弱者，他将永远是一个弱者。因为放弃时间的人，同样也会被时间放弃。

尽管对任何人来说，时间的价值非比寻常，它与人生的发展和成功关系非常密切，然而，时间似乎总是人们最容易浪费掉的东西。可以这样说，大千世界中，没有什么东西比时间更容易被虚度。

同样的工作时间，同样的工作量，为什么你总不能像别人那样在第一时间完成？亨利·福特这样解释：我们每天花在处理一些没有必要处理的事情上的时间太多，说起来实在相当惊人。他还把这些吞噬你时间的琐碎事情列举出来：

打太多的电话；

上班时间吃早餐；

上班时间谈论私事；

花太多时间计较细枝末节；

所读的东西没有任何有用信息，也没有给予任何启发；

在应该着手进行下一项工作的时候，却往往停下来对别人解释自己为什么要做这些事情；

把上班时间拿来做白日梦；

在不重要或不值得做的事情上，投入宝贵的时间和精力；

拜访太多的朋友，且拜访时间太久。

这些听起来是不是很熟悉呢？你说不定可以给这个清单再添加点别的事项，说明自己工作时是如何浪费时间的。如果是这样，你已浪费了很多时间。要想做一个成功的职业人士，你必须解决浪费时间的问题。每个人的时间都掌握在自己手上，全天下除了你自己之外，没有人能够为你解决浪费时间的问题。在这里，你若想铲除消费时间的根源，就要把你时间里头的“枝芽”摘除掉，把养分——精力和注意力灌溉给会结出果实的主干，只有这样，你才能提高工作效率，享受成功的果实。

成功人士在杜绝时间浪费上，是如何最大限度地有效运用时间、抓紧时间的呢？实际上，成功者管理时间、利用时间，并没有什么了不起的诀窍。他们只不过做到了有效地利用时间而已。

变“闲暇”为“不闲”。凡在工作中表现出色，得到老板赏识的人，都有一个促使他们取得成功的好习惯：变“闲暇”为“不闲”，也就是抓住工作时间的分分秒秒，不图清闲，不贪图暂时的安逸。

时间是由分秒积成的，用“分”计算时间的人，比用“时”来计算时间的人总会做出更大的成绩来。

琳达受聘于一家顾问公司，她平均每年要负责处理 30 项工作，而且她的大部分时间都是在飞机上度过的。琳达认为和客户保持良好的关系非常重要，所以，在飞机上她就给她的客户们写邮件。她说：“我已经习惯如此了，这有什么坏处呢？”一位等候提行李的旅客对她说:“在近3个小时里,我注意到你一直在写邮件,你一定会得到老板重用的。”琳达则笑着说:“我早已是公司的副总了。”

佳句回味

◎ 一个人如果不能有效利用有限的时间,就会被时间俘虏,成为时间的弱者。

◎ 一旦在时间面前成为弱者,他将永远是一个弱者。

◎ 时间是由分秒积成的,用“分”计算时间的人,比用“时”来计算时间的人总会做出更大的成绩来。

阅读心语

“一寸光阴一寸金,寸金难买寸光阴”,时间对于每个人来说是非常宝贵的。它无穷无尽,所以最长;它稍纵即逝,所以又最短;等待的人感到时间过得特别慢,努力的人却又感到它过去太快。

因此,我们应该学会充分有效地利用时间,要走在时间的前面,而不是让时间追着跑。

(安春巧)

倔强的青春不说痛

颜 霞

走出季阳家的时候,不小心在冰上狠狠地摔了一跤。当脸紧贴着冰冷的地面引起一阵剧痛的时候,我咬着牙爬起来。北风如同无数把尖刀,在我的身上不停地刻着,漆黑的路上只听得见自己坚定的脚步伴着内心深处的呜咽在前行。

回想着刚才给季阳做家教时,她爸妈一会儿为她热牛奶一会儿煮咖啡,真羡慕她的幸福。自己这么大的时候连馒头都吃不饱。而今,又要为学费而奔波。想想也没什么好抱怨的，富家子弟的锦衣玉食与穷人孩子的粗茶淡饭是等价的，都是父母全部的爱。突然，两滴泪流下，流进嘴里很苦涩，心中涌起了对父母无尽的感激。

2006年7月27日，我接到了大学录取通知书，在那个只有四十多户人家的小山村里，我成了第一个大学生。父亲颤抖地打开金灿灿的通知书，欢笑洋溢在每一道皱纹里。可是，当他看到那巨额的学费时，笑容顿时凝固了。父亲沉默了。他愧疚地走回房中，我知道父亲很为难。

晚上，我躺在床上难以入睡。父亲走进来时，我假装闭上眼。只见父亲从桌上拿过通知书，翻来覆去地看了好几遍。随后，他走到院子里对母亲说：

"再难也要让孩子上学，不能再在这山窝里了。"

"那么多钱，咋办呢？"

沉默。

"要不，咱把牛卖了吧。"

我的心好疼好疼，泪水涌出眼眶。我看到父亲走到牛棚添了一筛草。他久久地凝视着那头喂养了十几年的老黄牛。我知道，父亲舍不得。难以想象没有它，父亲如何耕种，如何拉水，如何驮柴……那一夜，我彻夜未眠。

人活一世，风雨雷电和寒霜暴雪有时会不断降临。

在父亲决定卖牛的第四天，我家的牛被偷了！当父亲发现牛不见了时，他双目盯着大开的院门，失魂落魄。随后，发了疯般地跑出家门去寻牛。

父母依然没有打消让我上学的念头。父亲要去北京打工，望着他微驼的背影，我感觉自己在犯罪。10天后，当父亲一身灰尘出现在家门口，掏出仅有的40元钱时，我的心有一种刀扎的疼。

随后，他去了西山采石场——那个整天弥漫着石粉与火药味的人间地狱。难以想象父亲在烈日下抡起大锤的吃力，难以估量父亲弯腰抱起几十斤石头时的艰辛。我知道父亲在拿生命为儿女做赌注！

开学迫近，父亲为了我舍下了脸面，左邻右舍、亲朋好友都借了。我接过那一沓钱，感觉好重好重。

于是，大一我就开始边打工边求学。当我在饭店做勤杂工，双手插进冰冷的水中时，我会想起我的父亲为我在西山上抡大锤；当我背着一包包的书一幢楼一幢楼地推销时，我会想起我的母亲为我在地里拔草；当我黑夜里走在风雪里寒风刺骨时，我会想起我的父母为我受了比这多一千倍一万倍的苦……甚至在我的尊严被别人践踏时，我的寒酸被同学耻笑时，在我刚打扫干净的地板被他人故意踩脏骂我偷懒时……我依然咬着嘴唇，握着拳头在心里对自己说：为了父母，永远保持坚强，只有坚强才能顶天立地！

在苦难中我懂得，人活着，就得随时准备接受磨难。未来的路，无论有多少辛酸艰难，我都会永远倔强地站立，坚强地活着！

佳句回味

◎ 在苦难中我懂得，人活着，就得随时准备接受磨难。未来的路，无论有多少辛酸艰难，我都会永远倔强地站立，坚强地活着！

阅读心语

辛苦不会让她倒下，屈辱不会让她倒下，因为父亲那冒着生命的危险抢大锤的身影永远定格在她的生命中，所以我们相信这个坚强的女孩一定会成功。每个成功者在成功之前，都经历过一次或几次惨痛的苦难。一个人的意志如果没有苦难的洗礼，他怎能以一个强者的姿态站立起来？他会懂得奋斗的乐趣吗？他会理解成功的艰辛吗？他会一次又一次跌倒再一次又一次爬起来吗？

人生没有真正的绝境，无论遭受多少艰辛，无论经历多少苦难，只要一个人心存信念，那么总有一天，他能走出困境，让生命重新开花结果。

（安春巧）

一把小刀的教益

李惊亚

那位老师叫什么，我已经不记得了。记忆中印象深刻的，是年逾花甲的他总有着和蔼的、极具亲和力的笑容，发根处时常残留着染发剂褪色后留下的红黄相间的颜色。

在我上初二时，他教了我们一学期的手工课。手工课不是主课，所以班里很多同学并不重视。难得的是，他上课很认真，经常鼓励我们发挥想象力搞一些小发明，或布置一些手工作业。

记得有一次，他要求我们“变废为宝”自制一把小刀，说每个人都必须完成，因为得分会记入期末的总评成绩。那时我特别希望自己能够得90分以上，因为每次上课，他都会把得90分以上的作品放在讲台上的一个“专区”里，让大家排着队上去参观。这是一种巨大的荣誉！

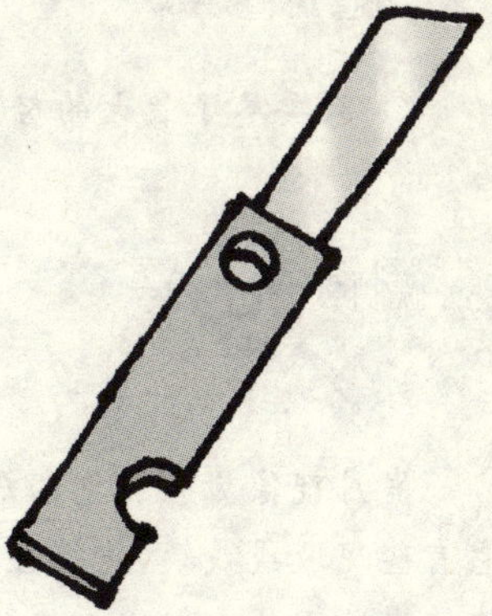

为了这个梦寐以求的90分，我一回家就四处找材料，从我家附近的一个建筑工地上找到一根光亮干净没有锈痕的废锯条。但是接下来的工作可让我犯了难：我家没有磨刀石，这可怎么办？突然，我的脑海里灵光一闪——我家门口的楼梯不太光滑，表面上布满芝麻大小的凹坑，在上面磨锯条一定行！

于是，那几天一放学，我就端一碗水坐在楼梯口，把地和锯条都洒湿，然后就撅着屁股呼哧呼哧地磨起来，一直磨到母亲叫我吃饭时，才长出一口气收工回去。就这样卖力地干了两天，我的小刀终于“完工”了！

上手工课那天，一看到别人做好的小刀，我心里立马凉了半截。别人的刀刃磨得又光又亮，刀锋也长；而我的刀刃在楼梯上磨得黑不溜秋的，刀锋也是短短的，只能算是“小匕首”。

老师开始一件件地“鉴赏”了，他很认真地给每一把小刀打分，每逢有做得精致的，他都要夸奖几句，并把这件作品放到讲台最前面的“精品区”里。突然，周围一阵大笑，只见他从一堆精致的小刀里抽出我的“小匕首”，脸上一副诧异的神情。我的心猛地收紧了，泪水也涌上了眼眶。

“这是哪位同学做的？”他的嗓门儿平日就很大，今天更是让胆小的我打了个寒噤。我犹豫着站了起来，周围的笑声更大了。“告诉老师，怎么回事？”我强忍住泪水哽咽地解释道：“我家没有磨刀石，这是我在楼道里磨了两天才做出来的。”

“哦——”他微笑着轻轻地把我的小刀放到“精品区”里，和那些制作精致的小刀搁在一起。从那以后，我明白了一个道理：只要尽了最大的努力，别人就不会轻视我。

佳句回味

◎ 只要尽了最大的努力,别人就不会轻视我。

阅读心语

岁月就像男孩自创的那块“磨刀石”,一个人的才华就是磨刀石上的那把刀,或许它有些斑驳或残缺,但握住刀柄的磨刀人却是我们自己。经过长期的努力与磨练,一把精光坚固的宝刀定会锋芒毕露。

谢谢那位可敬的老师,没有因为简陋而抹煞了那份可贵的努力,并且教会孩子:人生最重要的就是对自己的磨练,从搬运工到哲学家,从奴隶到将军,没有人是一天一月或一年就可以达到的。命运只能由我们自己创造,命运的刀柄掌握在我们每个人手中。

（安春巧）

成功原来就这么简单

衡量一个人的成功，不仅仅是他得到的名利、权势或者财富。成功的重要标准是“自己内在的丰富，有自己的真性情和真兴趣，有自己真正喜欢做的事”。当你认真去做你想做的事，让它变得完美的时候，那也是成功，而且这种没有与社会名利连在一起的成功才是人生真正的财富，别人是无法从你手中取得的。

当每个人都能明白成功的真谛时，每个人都是成功者了。

用光挫折感

阳雨燕

有个女孩在澎湖列岛出生后就被父母送给别人寄养。15岁时，好赌成性的养父决定把她卖掉，可是，这女孩偷偷离开养父母只身到了台湾。因为她觉得："为什么自己的命运要掌握在别人手里?"这女孩到台湾后，打零工、织毛衣、摆水果摊、卖鱼、开小吃店……拼命赚钱也倒赔了很多钱。

如今，她是五十多岁的妇人了。但是，她也成为一家直销公司年薪千万的超级业务员。

这妇人常对别人说："我的挫折感早在年轻时都用光了!"这句话真给我十足的震撼!

是的，她没什么学历，她曾一无所有，还差点被卖。她不敢奢望有"金手指"，只是脚踏实地、积极乐观地工作，也不畏惧跌倒失败，因为"挫折感早在年轻时用光了"。现在，她对挫折"已经免疫"了。

佳句回味

◎ 她不敢奢望有"金手指"，只是脚踏实地、积极乐观地工作，也不畏惧跌倒失败，因为"挫折感早在年轻时用光了"。现在，她对挫折"已经免疫"了。

阅读心语

冰心先生说：成功的花，人们只惊慕它现时的明艳，然而它当初的芽儿，浸透了辛勤的汗水，洒遍了牺牲的血雨。人生的荣耀，其实很沉重，付出了许多鲜为人知的汗水和艰辛。

殊不知不轻易得来的"奋斗果实"才弥足珍贵。因此，莎士比亚在《哈姆雷特》中说：人在活着的时候，如果主要的长处与价值只是吃饭和睡觉，这样只是像一个畜牲，如此而已。也许说的不很中听，但“一步一个脚印”这句话，验证了许多事。

（王伟丽）

执著的力量

吴　越

有这样一个孩子，因为父母双双早逝，自幼就开始了贫病交加、无依无靠的生活，尝尽了人生的艰辛。为了养活自己，他不得不到一家印刷厂做童工。虽然环境很苦，但喜爱看书读报的他还是非常珍视这份工作。

一天，他在一家书店的橱窗前看到一本书，他伫立在书橱前，贪婪地盯着那本书，手不停地摸着口袋里仅有的买晚饭的钱。

为了能够买下自己喜爱的书，他不得不挨饿，从饭费中积攒钱。这天，他在路过书店时，发现书店的书橱里有一本打开的新书，便如饥似渴地读了起来，直到把打开的两页读完才恋恋不舍地走开。第二天，他又身不由己地来到书橱前，惊奇的是，那本书又往后翻开了两页！他又一气读完。他是多么想把它买下来啊，可是书价太高了。第三天，奇迹又出现了，书页又往后翻开了两页。此后，每天书页都回往后翻开两页。他就每天都来读，直到把全书读完。这天，书店里一位慈祥的老人抚摸着他的头发说道：“好孩子，从今天起，你可以随时来这儿任意翻阅所有的书，不需要付一分钱。”

日月如梭，这个少年成了著名的作家和记者，他就是英国一家晚报的主编——本杰明·法利吉尤。

佳句回味

◎ 面对梦想道路上的困苦艰难坎坷，执著是最好的利刃。它会帮助一个人劈开艰难，穿越困境，抵达铺满鲜花的梦想。

阅读心语

女娲补天、夸父追日、精卫填海、愚公移山、大禹治水、卧薪尝胆的勾践、闻鸡起舞的祖逖、面壁静修的达摩、程门立雪的杨时……这些执著的故事不老，人物不死。咬定青山不放松、百折千磨志不改、衣带渐宽终不悔、不到长城非好汉……这些执著的佳句不朽。

执著，是一种姿态，一种生活姿态，一种珍爱生命的姿态，一种与世俗对抗的姿态，一种对生命每一瞬间注入激情的姿态。

面对梦想道路上的困苦艰难坎坷，执著是最好的利刃。它会帮助一个人劈开艰难，穿越困境，抵达铺满鲜花的梦想。

（王刚）

首席执行官的秘密

袁健

1999年，当杰伊·泰森把一个家族企业发展成一个年利润达1500万美元的中型企业时，他去华盛顿领取了本年度国家蓝色企业奖章。这是美国商会为奖励那些战胜逆境的中小企业而颁发的，那年只颁发了6枚奖章。

泰森可以算是一个成功的企业家了，可他的心中却有一个难言之隐，他将它深深藏在心里已经很多年了。白天，泰森应接不暇地处理对外事务，好像是忙得没有时间去阅读邮件和文件。很多文件由公司的管理人员白天就处理好了，白天遗留下来的文件，到了晚上，由他的妻子邦妮帮助他处理，他的下属对他无法阅读这件事一直一无所知。

“我已经为他工作7年了，我没有看出他不会阅读的任何迹象，”公司的技术主管萨拉说，“他会将一些技术方面的机密文件拿给我，说我在这方面比他熟悉。而我不知道我是唯一读过这些文件的人。”只有极少的人知道，泰森最迫切的愿望是，能在睡觉前为他的孙子们读一个小故事。

泰森的痛苦起源于童年。当时他在内华达的一个小矿区里上小学。“老师叫我笨蛋，因为我有阅读困难。”他说。他是整个学校里最安静的小孩，总是默默地坐在教室的最后一排。他天生有阅读障碍，老师又责骂他，他在学校的学习变得更艰难了。1963年，他从高中勉强毕业，当时他的成绩主要是C、D和F(A是最高等级)。

高中毕业后，泰森搬到了雷诺市，用200美元的本金开了一家小机械商店。他一步一步把小店发展成为了今天的机械公司。

公司每年至少有1500万美元的利润。

尽管成功了，但是他成年后一直背负着装作会阅读而欺骗他人的耻辱。两年前，56岁的泰森应邀参加了商业委员会，这是一个首席执行官共同探讨商务发展困境的组织。起初泰森不是很情愿参加这个组织，他担心他无法和组织中的其他成员合拍。加利福尼亚商业银行的前首席执行官兰迪·约斯特说：“大约在我们认识6月后，他告诉了我们他有阅读障碍。那时，他对这一点很紧张。”

“他当时很紧张，声音在颤抖，”商业委员会里的一位饮料浓缩物制造商回忆道，“很明显，坦白自己的阅读障碍对他来说是一件很困难的事情。我以前知道他有高中学历，而且商务非常成功。于是，我想当然地认为他可以阅读。谁能想到他一直面对这样的困境。”

泰森害怕受到那些大多是大学毕业的首席执行官们的嘲笑和轻视。但是，他没想到他得到的是更多的支持和鼓励。“这使我更加佩服他获得的成功，这加深了我对他的敬意。”约斯特说。另外，当泰森告诉他的雇员他不会阅读的时候，也赢得了雇员们的尊重。泰森说：“自从我下决心让每个人都知道这件事以来，我心里轻松了许多。”

从那以后，泰森聘请了一名家庭教师为他做阅读辅导。泰森最近正在读一本管理方面的书。他在所有他不认识的单词下面划线，然后去查字典，读得很慢。他希望有一天他能像他妻子那样可以迅速地读完办公桌上所有的文件和信函。更重要的是，他希望他的故事能鼓励其他正在学习阅读的人。

“有阅读障碍没有什么可羞愧的，”泰森的夫人说，“然而，如果明知自己有缺陷却不做任何改进，那就变成一种耻辱了。”

佳句回味

◎ 如果明知自己有缺陷却不做任何改进，那就变成一种耻辱了。

阅读心语

向别人，要充分展示自己的美；对自己，要看到自己的不足，勇于改进，完善自我。

自我的完善需要“面壁十年”的韧劲。“十年树木，百人树人”、“热练三伏、冷练三九”……许多成语、谚语说的都是这个道理。它们不时提醒大家，完善自我是一个漫长的过程。它不是在甬道中匍匐，只待前方豁然开朗，圣光笼罩。

完善之路与生活的轨道同步，它就在生活中。没有固定的终点，但每前进一步都是新的高度，每作出一次积极的选择，就为自我增添了一分光彩，并获得了一份平静和快意。

（樊吉伟）

做一棵懂得珍惜的树枝

袁立

一个年轻人受了极大的挫折想自杀。入夜后，他极度悲伤地带了根绳子，独自一个人来到树林里爬上树想上吊。当他把绳子绑在树枝上后，树枝说话了：“亲爱的年轻人，别在我身上吊死吧！有一对小鸟此时正在我的枝头筑巢呢。我有责任保护它们。如果你在我身上上吊，我就会折断，鸟巢也保不住了，请你原谅我，并且可怜可怜这对小鸟吧！”

年轻人听了，体谅了它的爱心，就放弃了这根树枝，爬上了更高的另一根树枝。可是当他把绳子绑上去时，这根树枝也说话了：“年轻人，请你原谅我吧！春天就要到了，我就要开花了，成群的蜜蜂会飞来嬉戏、采蜜，这会带给我极大的快乐，如果你在我身上上吊，我就会被折断到地上，花蕾也会被摧残而死，那样蜜蜂们就会非常失望。”

年轻人听了，只好默默的攀上了第三根树枝。“原谅我吧！”他还没有绑绳子呢，树枝就开口了："年轻的朋友啊！我自己正远远地伸到路上，目的就是想让疲惫的旅行者在我的底下得到一些阴凉，这带给我很大的快乐，如果你吊死在我身上，会使我折断。以后，我就再也不可能享有这种喜悦了！"

这时，年轻的上吊者沉思了一会儿，他问自己："我为什么要自杀，只因为我承受痛苦吗？难道我就不能学学这些树枝，用我的生命去帮助别人，为别人服务吗？"一念之间，他把焦点由自己身上转向了无数他所认识的需要帮助的人身上……他从三根对他说话的树枝上各折了一小段细枝，爬下了树，快快乐乐地离开了。

此后，他一直保存着那三根树枝，终身学习三根树枝的精神，再也没有被挫折压垮过。

佳句回味

◎ 我自己正远远地伸到路上，目的就是想让疲惫的旅行者在我的底下得到一些阴凉，这带给我很大的快乐，如果你吊死在我身上，会使我折断。以后，我就再也不可能享有这种喜悦了！

阅读心语

人不能只在意自己。只在意自己受了什么伤害、委屈，承受了多少重担、压力，结果只能愈来愈缺乏活力，愈来愈萎靡不振。

将目光从自己身上移开，就像那三根树枝一样，多注意别人的需求，以帮助别人、使别人得到益处为志向，摆脱绝望的纠缠——如此，眼界将会逐渐开阔，生活自然日益丰富，生命也将日益蓬勃。请记住，只有珍惜身边的一切，才能拥有真正的幸福和快乐。

（石奇江）

保持自己的本色

汪大海

伊笛丝·阿雷德太太从小就特别敏感而腼腆，她的身体一直很胖，而她的一张脸使她看起来比实际还胖得多。伊笛丝有一个很古板的母亲，她认为把衣服弄得漂亮是一件很愚蠢的事情。她总是对伊笛丝说："宽衣好穿，窄衣易破。"而母亲总照这句话来帮伊笛丝穿衣服。所以，伊笛丝从来不和其他的孩子一起做室外活动，甚至不上体育课。她非常害羞，觉得自己和其他的人都"不一样"，完全不讨人喜欢。

长大之后，伊笛丝嫁给一个比她大好几岁的男人，可是她并没有改变。她丈夫一家人都很好，也充满了自信。伊笛丝尽最大的努力要像他们一样，可是她做不到。他们为了使伊笛丝开朗而做的每一件事情，都只是令她更退缩到她的壳里去。伊笛丝变得紧张不安，躲开了所有的朋友，情形坏到她甚至怕听到门铃响。伊笛丝知道自己是一个失败者，又怕她的丈夫会发现这一点，所以每次他们出现在公共场合的时候，她假装很开心，结果常常做得太过分。事后，伊笛丝会为这个难过好几天。最后不开心到使她觉得再活下去也没有什么道理了，伊笛丝开始想自杀。

后来，是什么改变这个不快乐的女人的生活呢？只是一句随口说出的话。随口说的一句话，改变了伊笛丝的整个生活，使她完全变成了另外一个人。

有一天，她的婆婆正在谈她怎么教养她的几个孩子，她说："不管事情怎么样，我总会要求他们保持本色。"

"保持本色！"就是这句话！在那一刹那之间，伊笛丝才发现自己之所以那么苦恼，就是因为她一直在试着让自己适合于一个并不适合自己的模式。

伊笛丝后来回忆道："在一夜之间我整个改变了。我开始保持本色。我试着研究我自己的个性，自己的优点，尽我所能去学色彩和服饰知识，尽量以适合我的方式去穿衣服。主动地去交朋友，我参加了一个社团组织——起先是一个很小的社团——他们让我参加活动，使我吓坏了。可是我每一次发言，就增加了一点勇气。今天我所有的快乐，是我从来没有想到可能得到的。在教养我自己的孩子时，我也总是把我从痛苦的经验中所学到的结果教给他们：'不管事情怎么样，总要保持本色。'"

佳句回味

◎ 不管事情怎么样，我总会要求他们保持本色。

阅读心语

这世上没有绝对的美与丑，美与丑通常是可以互相转化的。但有一点可以肯定，就是最美的往往都来自本色，来自自然。所以，不要在乎别人挑剔的眼光，保持自己的本色，你就是最美的。

想要生活得快乐，最重要的就是保持自己的本色。你只能唱你自己的歌，你只能画你自己的画，你只能做一个由你的经验、你的环境和你的家庭所造就的你。不论好坏，你都得自己创造自己的小花园；不论好坏，你都得在生命的交响乐中，演奏你自己的小乐器。

（王伟丽）

小树桩

秦　宇

湖畔本有两棵树，一棵粗如熊腰，一棵细若手笔。给湖底清理淤泥时，它们被锯掉了。人马离去，岸上就多了两棵树桩。

冬天过去，春天来临，湖边的树干开始抽芽，没多久，已是满湖春色。也许是灾难过于沉重，也许这本身就是一种灭顶之灾，总之，对岸边的热闹，两棵树桩没有一丝回应。有人都以为他们是两棵死了的树桩，园林处的人也都认为它们活不了了。

一天，来了一个花木工人，要挖掉它们重新植树。这时一个散步的老人走过来，说，大的不敢保证，小的一定会活。花木工人看了看树桩，没有动，收起工具走了。

就在夏天将要到来时，小树桩果如老人所言，拱出一粒嫩芽。它立在截面的边沿，如满脸怒气的壮士，粗粗的，紫紫的，显得非常魁梧有力。那根大的，也拱出了嫩绿的芽，它们密密的围成一圈，就像一个绿色的圆。

花木工人开始浇水，开始加固围栏，他希望它们长成大树。

一年过去了，小树桩上的嫩芽长成了手指粗的枝条，大树桩上的嫩芽长成了一丛灌木。花木工人很希望大树桩的嫩芽也长出粗壮的枝条来，他砍去多余的枝条，留下最有希望的一枝，可是，一点用也没有。你掰去多余的树条，它又会长出来。你今年掰，它明年长，你明年掰，它后年长。你有意留下的那一枝，则永远长不大，它总是长到一尺高的时候就枯萎。第二年再留，它依然枯萎。

就在花木工人打算把它捆扎起来，仅露一根枝条的时候，那位散步的老人经过这儿，说，没有用，它太老了。果然，3 年后，这棵拱过多次芽的大树桩在最后一根枝条枯萎后，悄无声息地死了。

现在，那棵小树桩已经长成一棵亭亭玉立的大树，试着去抱，已经抱不过来了。

有一天，散步的老人又来这儿，花木工人遇见了他，很想解开心中的迷惑。老人说，树和人一样，凡是早年受过挫折的人都是幸运的，他们还有从头做起的时间，可以鼓起勇气，不忧不惧地学习一门东西，最后成为有用之材。到了四五十岁才灾祸临头，就真正可怜了，他已没有从头做起的时间和精力。

佳句回味

◎ 树和人一样，凡是早年受过挫折的人都是幸运的，他们还有从头做起的时间，可以鼓起勇气，不忧不惧地学习一门东西，最后成为有用之材。

阅读心语

挫折，在我们成长的路途中常常与我们为伴。躲避它，我们将失去成长；躲避它，我们将失去一大笔的财富。挫折，能够帮助我们成长。

成长，我们无法从别人的传播中获得，只有当我们坚强地面对挫折时，才知道什么是成长。有时我们会感受到从未有过快乐，但我们会品尝到成长路上丰富多彩的滋味，体验到成长道路上从未曾体验的喜悦、幸福、和谐的生活。苦难艰辛的处境，才能使我们慢慢地长大。也许当你面对挫折，你会低下头，你会灰心失望，你会往后退，或是软弱无能，可是你知道吗？雨后仍是阳光明媚，一片晴朗的天空。我们翻过它，战胜它，将是风光无限。

（李凤銮）

山本的目标

霍 娟

1984年，在东京国际马拉松邀请赛中，名不见经传的日本选手山田本一出人意外地夺得了世界冠军。当记者问他凭什么取得如此惊人的成绩时，他说了这么一句话：凭智慧战胜对手。

当时许多人都认为这个偶然跑到前面的矮个子选手是在故弄玄虚。马拉松赛是体力和耐力的运动，只要身体素质好又有耐性就有望夺冠，爆发力和速度都还在其次，说用智慧取胜确实有点勉强。

两年后，意大利国际马拉松邀请赛在意大利北部城市米兰举行，山田本一代表日本参加比赛。这一次，他又获得了世界冠军。记者又请他谈经验。

山田本一性情木讷，不善言谈，回答的仍是上次那句话：用智慧战胜对手。这回记者在报纸上没再挖苦他，但对他所谓的智慧迷惑不解。

10年后，这个谜终于被解开了，他在他的自传中是这么说的：每次比赛之前，我都要乘车把比赛的线路仔细地看一遍，并把沿途比较醒目的标志画下来，比如第一个标志是银行；第二个标志是一棵大树；第三个标志是一座红房子……这样一直画到赛程的终点。比赛开始后，我就以百米的速度奋力地向第一个目标冲去，等到达第一个目标后，我又以同样的速度向第二个目标冲去。四十多公里的赛程，就被我分解成这么几个小目标轻松地跑完了。起初，我并不懂这样的道理，我把我的目标定在四十多公里外终点线上的那面旗帜上，结果我跑到十几公里时就疲惫不堪了，我被前面那段遥远的路程给吓倒了。

在山田本一的自传中，发现这段话的时候，我正在读法国作家普鲁斯特的《追忆似水流年》，这部作者花了16年写成的7卷本巨著，有很多次让我望而却步，要不是山田本一给我的启示，这部书可能还会像一座山一样横在我的眼前，现在它已被我踏平了。

佳句回味

◎ 用智慧战胜对手。

阅读心语

在现实中，我们做事之所以会半途而废，这其中的原因，往往不是因为难度较大，而是觉得成功离我们较远。确切地说，我们不是因为失败而放弃，而是因为倦怠而失败。

在人生的旅途中，我们稍微具有一点山田本一的智慧，一生中也许会少许多懊悔和惋惜。学会用智慧战胜对手，需要我们多动脑子，将目标分解，将困难化解。这样，原本看起来遥不可及的目标，也便在一个个的小目标实现过程中，最终取得成功。

（李凤銮）

一杯水·一碗麦·一处寺院

佚　名

一杯水你能拿多久？拿一分钟，你一定觉得没问题；拿一个小时，可能觉得手酸；拿一天，你可能就会出问题。其实这杯水的重量没变，但是拿得越久，就觉得越沉重。

这就像我们承担的压力一样。如果我们一直把压力放在身上，不管时间长短，到最后我们就觉得压力越来越沉重而无法承担。我们必须做的是，放下这杯水休息一下，然后再拿起这杯水，如此我们才能够拿得长久。

事实上，无论对于工作中还是生活中的压力，我们都要学会适当的放手。放手之后做什么？当然是学会调整自己，因为我们的目标是在调整中更好地走向成功。

再来看一碗小麦的故事。一种人会首先留下一部分用于播种然后再考虑其他问题；而另一种人则不管三七二十一把小麦全部磨成面，做成馒头吃。我们都想做一个成功的人，优秀的人，只不过在馒头的引诱下，我们失去了忍耐的性子。成功是要讲究储备的，仓库里的东西越充足，成功的机会就越大，也才可能走得更远。成功的路是那样的遥远与艰辛，路边倒下的每一个人都曾是一个在起点上充满信心、跃跃欲试的活生生的人，对这路的尽头有无限的憧憬。口袋里的馒头固然可以让他们在启程以后跑得飞快，不过吃完眼前的，恐怕就没法指望下一顿了。馒头终究有一天会消耗殆尽，没有播种我们就没有支持，没有足够的粮食保证，我们将会半途而废。

在这遥远的征途上，基础的积累将会起到决定性的作用。如果我们自觉先天不足而又已然踏上征程，那就更要格外注意随时给自己补充营养。充实自己，人人都想。可是如果只顾眼前，不想长远的积累必然会让你有后顾之忧，不如趁早脚踏实地，一点一滴做起。

一个和尚，看准了一个地方想建一处寺院。为了筹集资金，他整整花了 20 年的时间，四处化缘。寺院建成了，当人们吃惊地看着如此庞大的工程，迷惑不解地问他，是什么力量使他完成了这一心愿？他说是佛主给了他信念。

其实，他说的信念就是我们强烈的期望值，也就是一个人在实现自己期望达成的预定目标过程中，面对各种付出与挑战所能承受的心理限度，有坚定的信念才会成功。在奋斗过程中，许多人的失败是因为期望的强度太脆弱，最终无法对抗残酷的现实或自身的挑战而常常半途而废。只有那些一定要成功的人，他们因有足够牢固的期望强度，所以能排除万难，坚持到底，获得成功。

一杯水，你要想拿的时间长，就要学会调整自己，该休息就要休息，这样才能再接再厉。一碗麦反映我们是否善于积累，一处寺院说明要成功就得有足够牢固的期望强度，否则再好的目标也会半途而废。

佳句回味

◎ 无论对于工作中还是生活中的压力，我们都要学会适当的放手。

◎ 一杯水，你要想拿的时间长，就要学会调整自己，该休息就要休息，这样才能再接再厉。

阅读心语

善于调节自己，善于劳逸结合的人，往往比别人更胜一筹，他们懂得什么才是事半功倍。无论是工作还是生活，都要学会怎么放松。人不是机器，累了就要停下歇歇。

成功不是一蹴而成的，要从基础做起，脚踏实地，日积月累，汇流成河，终有辉煌之时。

人生不可能事事一帆风顺。但是我们要有坚定的信念，信念是我们心中的明灯，只要我们坚持，心之灯就会一直给与我们希望，照亮我们前进，直至达到目标。

（曹立巍）

为失败而笑

李　敖

有一个笑话，甲问乙："为什么这么愁眉苦脸？"乙说："我的朋友被火车轧死了。"甲说："难怪，你一定很痛苦。"乙说："我当然痛苦啊，他穿的是我的西装。"这个笑话有它深刻的另一面，那就是，这个乙倒是个实际的人。他虽然无情，却很实际。碰到意外，他先检查实际的损失，这是极端小市民的境界。我们再来看孔夫子。一个地方着了火，孔夫子只问人受伤了没有，不问马受伤了没有——"伤人乎？不问马。"当然，孔夫子所以有这种境界，一个可能的原因就是马不是他的。如果马是他的，他也许像小市民愁西装一样愁起自己的马来。

还有一种以洒脱的方式处理损失的人，这就是"堕甑不顾"的故事。汉朝有一个叫孟敏的人，背了一个陶土烧的大瓶子走，瓶子一下子掉在地上，他仍旧朝前走，头也不回。人家问他怎么看都不看一下，他说已经破了，看有什么用。这种人就很洒脱。他不花一分钟时间去开碎瓶追悼会。

当然，开追悼会也是一种安慰。遭受了损失的人，总要哭几声，唠叨几句啊，这也是一种发泄。不过一个人的高不高，就在这儿看出来。真正的高人是一声不响的。这种一声不响，叫"打脱牙齿和血吞"，这是一种应付失败和损失的坚韧态度。这种态度，赶不上孟敏那种"堕甑不顾"态度的洒脱，但也是第一流的。

"打脱牙齿和血吞"，就是牙被人打掉了，却吐都不吐出来，跟满口的血，一齐吞到肚子里，表示遭遇了任何失败和损失，都忍住一声不响。这种态度除了不够轻松外，却叫人佩服。

学会利用失败要分两种层次：第一层次是先从失败里检查残余，看看失败以后还剩下了什么，而绝不花一分钟时间去开追悼会，去唉声叹气，去借酒浇愁。如果根本就知道没有残余可剩，就干脆"堕甑不顾"。第二层次是要做到反为失败而笑。笑则是笑着看失败。失败有什么好笑？有，就看你看不看得出来。笑不是取笑，是快乐，是真的因为不成功而快乐。

一般人以得不到什么而痛苦，我却以得不到什么而开心。因为我会想到得不到什么的好处那一面，一般人却绝对不会也不愿这么想，所以他们只因为失败而痛苦，却不会因为未得到而开心。

一般人只会庆祝成功，我固然也庆祝成功，但也庆祝失败。像我这样肯把失败当成功一样庆祝的人，全世界恐怕绝无仅有。我能从失败中看到它的好处，并且愿意这样看。结果，我从失败中看到成功的一面，从不幸中看到成功的一面。一般人很少能看到失败的好处，不会欣赏失败，享受失败，不会在一败涂地的时候，躺在地上，细闻泥土和草根的清香。很少人知道，在有比赛的情形下，比赛下来，胜利者往往有两个，就是胜利者和躺在地上吹口哨的失败者。在没有比赛的情形下，一个快乐的失败者，本人就是另一个胜利者。人间许多情景，均可如是观。

佳句回味

◎ 要做到反为失败而笑。笑则是笑着看失败。

◎ 一般人很少能看到失败的好处，不会欣赏失败，享受失败，不会在一败涂地的时候，躺在地上，细闻泥土和草根的清香。

阅读心语

无论是文中的笑话，还是"堕甑不顾"的故事，都告诉我们，要以一种洒脱的心态去看待失败。

失败就是失败了，我们只能面对。但是在处理失败时，我们不能老是唉声叹气，一蹶不振。我们应该学会坦然，学会对失败而笑。没什么关是过不了的，只要我们勇敢面对。

做一个快乐的失败者总要比做一个愁眉苦脸的失败者有价值。至少，在挫折中学会了东西，积累了经验，它们将成为下次成功的坚定基石。

（袁占斌）

贫穷永远是自己的错

斯威夫

齐国有个人上无片瓦，下无立锥之地，自己又没有一技之长。因为没有谋生的手段，他每天只有靠在城里乞讨度日，生活十分困窘。

刚好在此时，有个马医因为活计太多，忙不过来，需要找一个帮手。这个乞丐便主动找上门去，请求在马厩里给马医打打杂工，以此换取一日三餐。

可是，有人却取笑他说："马医本来就是一个被人瞧不起的职业，而你不过是为了混口饭吃，就去给马医打杂，当下手，这不是你莫大的耻辱吗？"

这个昔日的乞丐平静地回答："依我看，天下最大的耻辱莫过于寄生虫，靠乞讨度日。过去，我为了活命，连讨饭都不感到羞耻；如今能帮马医干活，用自己的劳动养活自己，同时还能学到东西，这又怎么能说是耻辱呢？"

没有多少人能生来就处于社会上层，更多的人都是靠从底层工作奋斗成功的。只要肯吃苦、肯干，必定会有自己的一片天地。

尤希在底特律时是个铅笔匠，努力了许多年，想发展自己的事业，然而他缺少资金。

为此，他3年前带着老婆孩子搬到了新奥尔良，希望有更好的机会。然而，第一天他找了8家铅笔公司，可是没有人愿意雇佣他，他们告诉他人手已经够了。

第二天尤希跳上一辆公共汽车，走过一条长长的、繁华的大街。那条街上有几家快餐店。总算第5家的经理对他有点兴趣，但经理告诉他，报酬相当低。尤希向经理表示这不成问题，他会提供一流的服务。

他工作很努力，结果在几个星期之内就成为那家连锁店的夜间部经理。

9个月后，连锁店的老板将他叫到办公室去，对他说："我要派你到城西一座有90户住户的大厦去当助理经理。"这时尤希才知道老板在房地产方面也搞得有声有色。

然而，尤希告诉老板他只当过铅笔匠，对管理大厦一无所知。

老板笑着对他说："我查过你在快餐店的记录，利润增加了55%。管理大厦与管理快餐店的道理是一样的——乐于助人、良好服务和优质高效。我想你一定能让大厦保持客满，准时收到房租，而且保养良好。"

结果尤希接受了那个工作——工资是他在快餐店时的3倍，还有一间漂亮的公寓。

如今抱怨找不到工作的大部分人，并不是真正找不到工作，而是他们不愿从底层干起。他们的态度就像社会欠他们一份工作一样。他们总以为，政府或公司必须为他们的困苦负责任，许多人从不想自己奋斗一番。事实上，绝大多数人只要肯从底层奋斗，都能有一番作为。

你要记住的是：

(1) 自食其力远胜过无所事事。

(2) 从最底层做起，也会爬到最高处。

(3) 贫穷永远是自己的错。

佳句回味

◎ 从最底层做起，也会爬到最高处。

◎ 贫穷永远是自己的错。

阅读心语

故事中的乞丐和底特律的尤希都告诉了我们一个道理：只有自己的努力，才能摆脱贫穷。不能将贫穷责怪于他人。

乞丐靠自己的能力和劳动养活自己，尤希从最底层做起，到最后成为快餐连锁店经理和管理大厦助理经理。劳动永远是最光荣的，只要你努力了，肯定会有收获；贫穷也是暂时的，只要你能奋斗。

生活要靠打拼才能创出一番天地。

（王云峰）

分享是一种最美丽的行为

矫友田

有一位勤劳的农人，养了十几箱蜜蜂。

他最惬意的事情，就是坐在田间地头，噙着烟斗，看那些蜜蜂在金黄金黄的油菜花地里,嗡嗡嘤嘤地飞翔。

每到收蜜的时候,就会有一群调皮的孩子守在附近。他们用一种贪婪的眼神凝视着那些亮晶晶的液体,从农人的手中划过,而后,落入透明的玻璃器皿里。

当农人收完蜜,他就会随手从地上采摘几片鲜绿的"野筐箩菜"的叶子,然后将每一片叶子都放入盛蜜的器皿里蘸一下。

他微笑着将那些沾满蜂蜜的"野筐箩菜"叶子,递给那些围观的孩子们。此时,那些孩子们就会如获至宝般地捧着绿叶,愉悦地吮吸着绿叶上那些亮晶晶的蜜液。

农人便蹲在一旁,笑眯眯地瞅着那些孩子们。他们小脸蛋上绽开的笑容,像夕阳一样红润可爱。

他见有的孩子将吮吸净的绿叶扔在地上,便微笑着说:"你们把那一些叶子,扔到羊圈去吧。"

那些孩子们都很听话地从地上拾起那些叶子,然后跑到远处的羊圈前,将手中的叶子扔到羊圈里。

有些孩子不解地问:"爷爷,你为什么要我们把那些叶子扔到羊圈去呢?"

农人朗声笑了,然后用慈祥的眼神看着那些孩子,回答道:"这样,那些羊儿,也会从你们手中的叶子上品尝到残留的蜜液。它们会感激你们的。"

以后,那一群调皮的孩子,仍时常会收到农人送给他们的,上面沾满蜂蜜的叶子。他们再也不用老人提醒,待吮吸完叶子上的蜜液,便会不约而同地将手中的叶子扔到羊圈里去。有的孩子,还故意使叶子上多残留一些蜜液,让那些可爱的羊儿,与他们一起品尝蜜液的甜美。

后来,农人搬走了。但是田野里,那一片片绿油油的"野筐箩菜"的叶子,在那些孩子们心中,却成为了一道永远抹不去的,最亮丽的风景。

因为,我就是那群孩子中的一个。

现在想来,那位农人当时送给我们的,不仅仅是一片片沾满蜜液的绿叶,其实是一片片盛满爱心的叶子啊!

那一片片叶子,使我明白了:"分享是一种最美丽的行为。"

佳句回味

◎ 那一片片叶子,使我明白了:"分享是一种最美丽的行为。"

阅读心语

粘满蜜液的叶子，盛满爱心的叶子！

平凡的农人，勤劳的蜜蜂，调皮的孩子，他们的一举一动，一言一语，让我们知道了什么是分享及分享的美丽。蜜蜂分享它们的劳动成果，农人分享蜂蜜给孩子，他让孩子学着也去分享自己获得的东西给羊儿。

彼此学会分享，让世界多一分爱心，多一分美丽。

（田丽娟）

下一次

佚名

这是一个关于越战结束后一士兵的故事——他打完仗回到美国，从旧金山给父母打了一个电话："爸爸，妈妈，我要回家了。但我想请你们帮我一个忙，我要带我的一位朋友回来。""当然可以！我们见到他会很高兴的。"父母回答道。

"有些事情必须告诉你们，"儿子继续说，"他在战斗上受了重伤，他踩着了一个地雷，失去了一只胳膊和一条腿。他无处可去，我希望他能来我们家和我们一起生活"。"我很遗憾地听到这件事，孩子，也许我们可以帮他另找一个地方住下。""不，我希望他和我们住在一起。"儿子坚持。"孩子，"父亲说，"你不知道你在说些什么，这样一个残疾人将会给我们带来沉重的负担，我们不能让这种事干扰我们的生活。我想你还是快点回家来，把这个人给忘掉，他自己会找到活路的。"

就在这个时候，儿子挂上了电话。父母再也没有得到他们儿子的消息。然而过了几天后，接到旧金山警察局打来的一个电话，被告知，他们的儿子从高楼上坠地而死，警察局认为是自杀。悲痛欲绝的父母飞往旧金山。在陈尸间里，他们惊愕地发现，他们的儿子只有一只胳膊和一条腿。

故事中的父母就和我们大多数人一样，要去喜好面貌姣好或谈吐风趣的人很容易，但是要喜爱那些造成我们不便或不快的人却太难了。

我们总是和那些不如我们聪明、美丽或健康的人保持距离。然而感谢上帝，有些人却不会对我们如此残酷，他会无怨无悔地爱我们，不论我们多么糟，总是愿意接纳我们。

佳句回味

◎ 我们总是和那些不如我们聪明、美丽或健康的人保持距离。然而感谢上帝，有些人却不会对我们如此残酷，他会无怨无悔地爱我们，不论我们多么糟，总是愿意接纳我们。

阅读心语

无论是贫富贵贱，还是健康病残，每个人都是平等的。

对待每一个人，我们都应该以一种平等的眼光去对待。亲人也好，朋友也好，陌生人也罢，我们不能因为他们不如自己而拒绝他们。就像故事中的父母那样，因为拒绝儿子的残疾朋友，结果将自己的儿子逼向跳楼。对别人的残酷往往也是对自己的一种伤害。亲情没了，友情也丢了。

下一次，我们不要轻易拒绝或者鄙视那些不如我们聪明、美丽或健康的人。因为我们生活在同一个世界。

（郑国强）

成功的真谛

周国平

在通常意义上，成功指一个人凭自己的能力做出了一番成就，并且这成就获得了社会的承认。成功的标志，说穿了，无非是名声、地位和金钱。这个意义上的成功当然也是好东西。世上有人淡泊于名利，但没有人会愿意自己彻底穷困潦倒，成为实际生活中的失败者。歌德曾说:“勋章和头衔能使人在倾轧中免遭挨打。”据我的体会,一个人即使相当超脱,某种程度的成功也仍然是好事,对于超脱不但无害反而有所助益。当你在广泛的范围里得到了社会的承认,你就更不必在乎在你所隶属的小环境里的遭遇了。众所周知,小环境里往往充满短兵相接的琐屑的利益之争,而你因为你的成功便仿佛站在了天地比较开阔的高处,可以俯视从而以此方式摆脱这类渺小的斗争。

但是,这样的俯视毕竟还是站得比较低的,只不过是恃大利而弃小利罢了,仍未脱利益的计算。真正站得高的人应该能够站到世间一切成功的上方俯视成功本身。一个人能否做出被社会承认的成就,并不完全取决于才能,起作用的还有环境和机遇等外部因素,有时候这些外部因素甚至起决定性作用。单凭这一点,就有理由不以成败论英雄。我曾经在边远省份的一个小县生活了将近十年,如果不是大环境发生变化,也许会在那里“埋没”终生。我常自问,倘真如此,我便比现在的我差许多吗?我不相信。当然,我肯定不会有现在的所谓成就和名声,但只要我精神上足够富有,我就一定会以另一种方式收获自己的果实。成功是一个社会概念,一个直接面对上帝和自己的人是不会太看重它的。

我的意思是说,成功不是衡量人生价值的最高标准,比成功更重要的是,一个人要拥有内在的丰富,有自己的真性情和真兴趣,有自己真正喜欢做的事。只要你有自己真正喜欢做的事,你就在任何情况下都会感到充实和踏实。那些仅仅追求外在成功的人实际上是没有自己真正喜欢做的事的,他们真正喜欢的只是名利,一旦在名利场上受挫,内在的空虚就暴露无遗。照我的理解,把自己真正喜欢做的事做好,尽量做得完美,让自己满意,这才是成功的真谛,如此感到的喜悦才是不掺杂功利考虑的纯粹的成功之喜悦。当一个母亲生育了一个可爱的小生命,一个诗人写出了一首美妙的诗,所感觉到的就是这种纯粹的喜悦。当然,这个意义上的成功已经超越于社会的评价,而人生最珍贵的价值和最美好的享受恰恰就寓于这样的成功之中。

佳句回味

◎ 成功不是衡量人生价值的最高标准,比成功更重要的是,一个人要拥有内在的丰富,有自己的真性情和真兴趣,有自己真正喜欢做的事。

◎ 把自己真正喜欢做的事做好,尽量做得完美,让自己满意,这才是成功的真谛,如此感到的喜悦才是不掺杂功利考虑的纯粹的成功之喜悦。

阅读心语

衡量一个人的成功,不仅仅是他得到的名利、权势或者财富。成功的重要标准是“自己内在的丰富,有自己的真性情和真兴趣,有自己真正喜欢做的事”。当你认真去做你想做的事,让它变得完美的时候,那也是成功,而且这种没有与社会名利连在一起的成功才是人生真正的财富,别人是无法从你手中取得的。

当每个人都能明白成功的真谛时,每个人都是成功者了。

(曹立巍)

用心看风景

张国庆

你的心里能放得下花盆吗?你有着一颗能看风景的心灵吗?你能看到每一件事中隐藏着的快乐吗?

用心看风景。

有一次去南方一个风景区玩,那里是出了名的风景如画的地方,遇到的很多人都是一副流连忘返的样子,但我却不然。由于偶感风寒,浑身乏力,再也没有欣赏美景的心情,沿途的景致,对我来说毫无意义,我的心里开满的是对病痛的忧虑和烦躁。这些对风景之外的强烈感觉遮住了我的眼睛,我再也看不到风景了。

不久,我回到了家乡,身体也渐渐好了起来,特别是看到父母身体和精神都很好,心里觉得很舒坦,有时就像是在流动着泉水一样,平静而甘甜。傍晚,陪父母去邻近的公园散步,突然发现这里真的很幽静,也

很清香，那种感觉比先前去过的风景区要好多了，可那里，在我的印象中其实都算不上公园，只是一片绿地的样子。我很奇怪，就和父亲说了。父亲笑着对我说，这是因为你身体好了，心情也好了，心、眼是相通的，心里有了绿色，眼中也就有了美景了。

也许只是一瞬间，我明白了此前很是觉得奇怪的一句话："享受来自舍弃，并非获得"。其实一个人要想真正获得人生的种种享受与快感，就必须放弃那些使我们躁动与不安的事物，放弃那些不健康也没有道理的欲求，放弃我们眼中的横梁和杂草。

有时只是略微地停一下，静一静，你就会发现很多美好的、你平时注意不到的事情。我的一个好友给我讲过他的初恋故事。那还是在大学的时候，有一次，他和一个师妹在操场上聊天，忽然间，天边飘起了火烧云，他俩几乎同时向天边望去，静静地，像看海上日出一样，注视着云的聚散和游弋。过了一会儿，他俩又几乎同时收回了目光，并相视一笑，"那一刻，简直灿烂极了"，好友后来津津有味地回忆道。

也许就在那一刻，他们两个人都找到了心中的所爱。与其说是火烧云成全了他们，不如说是两颗同样善于发现美、欣赏美、珍惜美的心灵碰撞在了一起。多年后，当我再遇到他们时，他们仍然像初恋一样彼此眷恋和宽容，因为他们都知道自身的不完美，也能够从对方身上找寻出好了，或者说，他们都有着一颗能看风景的心灵。

佳句回味

◎ 其实一个人要想真正获得人生的种种享受与快感，就必须放弃那些使我们躁动与不安的事物，放弃那些不健康也没有道理的欲求，放弃我们眼中的横梁和杂草。

◎ 有时只是略微地停一下，静一静，你就会发现很多美好的、你平时注意不到的事情。

阅读心语

风景处处有，生活的美丽不仅要我们用眼睛去看，更要用心去看。

用心去看风景，就要将心放在风景上，抛弃心中的烦恼和杂念，心里只有眼前的风景，你会发现即使是一片草地，一朵花，一片云都是风景，都是美丽。生活的美丽只留给有心人去发现和享受。

（宋玉发）

艺术的诞生

佚 名

曾经有一位自命不凡的年轻画家，花了一天时间画了一幅自认为还不错的画。但在随后的一年中，他为了卖掉这幅画想尽了办法，绞尽了脑汁，一年后才被人低价买走。他十分苦恼，于是就去拜访当时的大画家门采尔。门采尔说："用一天时间画了一幅画，卖了一年才出手；那么不妨反过来试试吧，用一年的时间去画一幅画，可能一天就会卖掉。"

门采尔的话并不复杂，却一针见血地指出了要害所在，那就是功夫应该下在正经地方。一天时间画一幅画一年卖掉与一年时间画一幅画一天卖掉，总花费时间都是365天，但是两者的性质截然不同。作画是在创造艺术，一幅成功作品的完成意味着艺术的诞生，一年的时间所创造的艺术，可不只是一天所创造的365倍呀。那日日面对艺术所做成的画卷必会被识货者购走，而夹杂着欲望和杂念的拼凑之物注定乏人问津。

追求艺术，面对艺术，为了艺术而拼搏，最终必将催绽真正的艺术奇葩。365天对艺术的孜孜追求，会迎来第365天的美好回报。第一天对艺术的亵渎，往后365天会处处碰壁，头破血流。

那位年轻的画家应该感谢门采尔为他指点迷津，毕竟并不是每个人都有这样的机会。不光作画如此，做其他的事情也应这样才能做好。例如写作，唯有整日面对文学、背对文坛的人才能做出好文章，而那些整天想方设法在文坛上跳跃的人，功夫下在写作外了，往往一事无成。

功夫下在创造上，这就是门采尔给我们的启示，不光那位青年画家要感谢门采尔，就是今天的我们也要感谢门采尔这句智者的提醒：那么不妨反过来试试吧，用一年的时间去画一幅画，可能一天就会卖掉。

佳句回味

◎ 追求艺术，面对艺术，为了艺术而拼搏，最终必将催绽真正的艺术奇葩。

◎ 不妨反过来试试吧，用一年的时间去画一幅画，可能一天就会卖掉。

阅读心语

画家的传世之作，作家的旷世巨著，设计师们建造的千古称颂的建筑……这种种的艺术形式，在世人面前所展露的光鲜亮丽，是需要艺术家们在创作过程中付出千倍百倍的艰辛的。在这一过程中，耐得住寂寞，守得住孤独也许是比创作本身更加难以做到的。也正是把这一切凝结在作品中，才造就了所谓的无价瑰宝。

生活也是一种艺术，其中的道理，概莫能外。

（俞宇茂）

15 爱如春花灿烂

看过一幅儿童画：一个鱼缸，里面游动着 6 条漂亮的大尾巴金鱼；在鱼缸的四周，围着 6 只眼睛发亮的小猫。我心里一笑，想：6 ∶ 6，还省得争抢打架。但是等等，看看那幅儿童画下面歪歪扭扭的题字，居然是：“太美了，舍不得吃！”我的心禁不住温柔地一动，为自己精神的庸俗而愧怍起来。

爱心贷款

蒋 平

康斯坦丁·米奇是俄罗斯圣彼得堡一家很有名气的银行行长，每日里找他贷款的企业、客商络绎不绝。令人奇怪的是，米奇的知名度及人气，不是他的官衔，也不是他麾下的银行，而是由他亲手签发的一笔笔“爱心贷款”。

这是笔什么样的“爱心贷款”呢？有这样一个故事：上世纪末，一位大学的贫困学子，来到银行申请助学金贷款。这位学子手里除了学生证，几乎什么也没有。按常理，他是不具备贷款条件的。学子当场就急哭了，听到哭声的米奇就让他来到自己的办公室，仔细询问了他的情况，然后，米奇从口袋里掏出学生需要的钱，并且加了码，然后告诉他：“这是我以私人的名义给你的贷款。我相信你是一个守信的孩子，你不但能出色完成学业，还能如期归还所有的款项！”5 年后，已是一家公司骨干的学生，不仅分文不少地归还了米奇的特殊贷款，而且加上了利息。

米奇的“爱心贷款”有两个特点，其一是贷款对象，多半是失业、下岗工人、贫困学子、病人等不具备放贷条件，且有信誉风险的弱势群体；其二是贷款的钱均出自他个人腰包，与银行无关。人们做了统计，就任行长十多年时间，由他经手发出的“爱心贷款”达 540 多万卢布，相当于 20 万美元。而回收情况如何呢？说来不由你不信，回收率达 99%，金融风险远远低于银行！后来，米奇又为这笔钱设立了专柜，“爱心贷款”的数量不仅没有减少，而且越滚越大。这使得米奇有更多的机会将他的爱心事业进一步发扬光大。有人问起这里面的诀窍，米奇解释说：“没有奥妙，我只是跟每个贷款的人说了这样的话：‘我虽然是银行行长，但这笔钱是我私人借给你的。我也不是无缘无故借钱给你，因为我相信你是一个守信的人，有了这笔钱，你会做得更好！’”

米奇用他的爱心，给了每一位求助者以人生的自信；同时，他又恪守了工作原则，为银行建立了良好的社会和市场信誉。如今，米奇的爱心贷款，不仅缔造了一个社会公益事业的诚信品牌，也谱写了银行史上最精彩的传奇。

佳句回味

◎ 这个世界上，不仅仅是钱，爱心也是可以作为贷款的。而且，借贷双方收获的远比财富还要有用得多。

阅读心语

用爱心去贷款，给那些有还款风险的人，同时给出一份最可贵的信任和鼓励。米奇对每一个贷款的人说了同样的话，这句话也把同样的温暖和力量传达给了每一个来贷款的人。

一句话，唤醒一个人的尊严；一句话，扬起一个人失落的勇气和信心；一句话，成就多少诚信而有价值的人生。

原来这个世界上，不仅仅是钱，爱心也是可以作为贷款的。而且，借贷双方收获的远比财富还要有用得多。

（石奇江）

佳 作

刘 斐

“当，当，当——”上课铃响了，教语文的杨老师捧着一大沓作文本满面春风地走进教室。

刚站定，杨老师就兴奋地说：“这次作文，大部分同学写得不错，特别是刘斐同学的，语言流畅细腻，表达生动优美，不愧是咱们班的‘小文豪’。”“刷——”大家的目光都一齐射向了我，我的心顿时忐忑不安起来，不住地默默祈祷：老师呀，你可千万别当众念，因为这篇作文是那天我偷懒，从一本作文杂志上抄来的。

谁知，老师偏偏是哪壶不开提哪壶，只见他拿起我的作文本，对我笑笑便说：“现在我们一起来欣赏刘斐同学的这篇作文——《三月，正是春光明媚的时候》……”

轰的一声，我的脑袋立刻一片空白，我心虚地低下头，脸上滚烫滚烫的，好害怕会有人站起来大声说：“这篇作文是从杂志上抄来的。”可是过了好一会儿，却一直没有人出声。我悄悄抬起头，偷偷环顾四周，只见同学们都在认真地听“我的”那篇佳作，那聚精会神的陶醉神情，令我不得不相信，他们也许没有谁见过这篇作文。

老师那抑扬顿挫的声音还在继续传播，我的心却越发不得平静，像第一次当小偷担心被人逮着那样恐慌，更像已经被人逮着那样难堪。我想站起来，承认这篇作文是抄来的，可一想起那一定会有一双双嘲讽的眼睛，几次话到嘴边又咽了回去。

“啪啪啪……”一阵掌声响起，我知道作文念完了。以前，我一听到同学们为我鼓掌，我是多么自豪，可今天这掌声，却是那样刺耳，像一张张无情的巴掌纷纷向我脸上打来，我的脸火辣辣的。我终于站了起来：“老师，这篇作文是我抄来的！”

霎时，掌声停了，教室里顿时静得出奇。老师吃惊地看着我。我没有回避，坦然地注视着他，心里感到格外轻松。

我在静静地、静静地等待着老师的斥责。

不料，老师却笑了，并且温和地说：“谢谢你，谢谢你的诚实——这才是真的‘佳作’。”

那一刻，那雷鸣般的掌声，令我今生难忘。

我会永远记得：最得意的“佳作”，应是敢于承认错误！

佳句回味

◎ 我会永远记得：最得意的“佳作”，应是敢于承认错误！

阅读心语

真是一个勇敢的孩子！

人有虚荣心，会做错事，这本身并没有什么值得非议的。因为没有谁能够保证自己一生洁白如玉，从来没有犯过道德上的错误。

不过，只仅仅停留在犯错，事后悄悄认错，这件事一点都不值得我们如此赞叹。因为老师正在表扬他，老师正在当着全班同学的面表扬她，在如此环境中，站起来承认自己的错误，那需要多大的勇气，是多么地难能可贵！

我想，我如果是那个老师，我也会感到很欣慰。因为我不仅仅收获了一颗金子般的心，我更让其他许多孩子，了解到了什么是真正金子般的品格。

（田丽娟）

偷偷羡慕我自己

莫 薇

我会羡慕很多人，羡慕他们的才华、他们的处世技能、他们的应变能力、他们的聪明果敢……甚至于在某些人眼中最一无是处的人也可能成为我羡慕的对象，因为我懂得：不论是炫目的金子还是不起眼的沙砾，有了太阳，它们就都会反射出耀眼的光芒。

我还会偷偷羡慕我自己：生在小康之家，拥有完整的亲情，而且幸运的三代同堂。几个表姐妹感情也还不错，从小到大还有老师们“宠”着，身边有几个可以交心的朋友。虽然在已经走过的路上摔过几跤，但有哭、有笑的路走起来也不乏精彩。

我最羡慕的是我的童年时光，具体点儿，指的是从出生到上一年级的这一阶段。那时候，爸爸会把我扛在肩上，有时候还会让我“飞”一会儿，害得外婆和老妈一见到我们一起游戏就开始担心，生怕一个疏忽，才刚悠哉没几年的我会和硬邦邦的地面来个“亲密接触”。

那时候最喜欢的一种游戏叫做“猴子爬树”。记忆里，爸爸会把手放在腰间，当做我这只小猴子的必要踏点。每当我爬上老爸的肩头，总会有一份满足感，一份纯粹的简单的快乐。现在，每每看到二楼窗口的灯光，脑子里会传达一个信息：家。然后会怀念多年前的快乐，心里酸酸的，是羡慕，还有一点嫉妒。毕竟，那是离我多么遥远的快乐。这大概会成为我对童年时光的一份最美好的回忆吧。

还没搬家的时候，我希望能够住进新房子。可现在，我却常常怀念那旧房里差点被我烧掉的红色台灯罩，那几包放在抽屉里忘了带走的花籽，那两盆曾在冬天被我浇上热水的芦荟和吊兰，那张有上下铺的小床，那张被我贴了很多卡通人物的深黑色木桌……小床上，厨房里，客厅里，学步车里，有着那么多的年幼的我的影子。如此这般的怀念，好像从前生活在老屋里的每一刻都那么奢侈，那么令我羡慕。

长大了，上了小学，初中，常常会一天见不着爸妈几面，他们忙着工作、挣钱，我也忙着上学放学。偶尔的所谓“促膝长谈”，其内容也不外乎学习成绩、思想动态之类。

生活还在继续，表面上看没有什么与众不同，可我总觉得少了些什么，而且少了很多。

所以，我偷偷地羡慕自己，用生命最初的纯粹快乐来填补一些生活的小空白。让我偷偷地羡慕你，偷偷地羡慕我自己。

佳句回味

◎ 不论是炫目的金子还是不起眼的沙砾，有了太阳，它们就都会反射出耀眼的光芒。

◎ 我偷偷地羡慕自己，用生命最初的纯粹快乐来填补一些生活的小空白。

阅读心语

春秋时期，齐桓公的下臣曾经对齐桓公说：如果一个人连自己的父母、妻子都不爱的话，那么怎么还能乞求他去爱别的人？

学会欣赏自己，学会欣赏自己的优点，欣赏自己的小快乐，满足自己的小幸福。这样才能够更了解世界的乐趣，更充满自信和快乐地生活在天地之间。

（刘燕）

粒米之爱

马 德

记得那是一堂讨论课。课上，老师让我们讨论什么是天底下最伟大的爱。显然大家对这个问题都很感兴趣，友爱、亲情之爱，甚至是爱情，就在大家七嘴八舌的时候，突然从我的邻座站起来一位女同学，她为我们讲了这样一些事：

"我是在一个偏僻的乡村长大的。小学毕业以后，我考上邻村的乡中。就在那一年，父母的生活好像一下子改变了许多。每天早上，母亲比平时起得更早了，朦胧中，听见她'窸窸窣窣'穿好衣服，然后黑暗中'咕咚'一声，听她下了地，先给我掖一掖两肩的被角，或者把我露在外面的胳膊放到被窝里去，才轻手轻脚地出堂屋，就着昏暗的煤油灯，填水、淘米、煮饭。就在这个工夫，父亲也便开始睡不着，粗声大气地起来，披着件衣服就出了院子，摸着黑不知干着些什么。

我又在睡梦中不知过了多少时候，母亲在我的耳边轻唤。等我起来后，母亲早把热粥端上炕。我坐在炕上'呼呼'地喝粥，母亲便在炕底下站着。我喝到什么时候，母亲就站着等到什么时候。末了，母亲等我一碗喝尽，重新给我填满后，才扭身出院，帮着父亲干些营生。

外边还黑着，由于全村只有我一个人上初中，每天父亲都要送我去。邻村并不远，但要翻过一个不小的山包，山包上有不少的坟地。那些年总是我走在前边，父亲跟在后边，每天听着父亲粗重的喘息声在寂静的夜空中渐渐地高起来又渐渐地消失，一路上只有几颗清冷的星辉寂寂地伴在左右，我不说话，父亲也不说话。

到学校后，天刚麻麻亮，学校的门口开始有星点的人。父亲便远远地站住，一直看着我进了学校，进了教室后，才转身回去。

升到高中的时候，哥哥把全家搬进了城。我在城里上重点高中，但还是走读。学校有夜自习，学校大门的左侧，有一棵歪脖的榆树，每天到很晚的时候，下了夜自习，我出校门总有一个人影站在这棵树的左右等着我，多少个日日夜夜，无论刮风还是下雨，从来没有间断过。不是父亲，就是母亲，等着接我回家。

有一年冬天，下大雪。父亲骑车带着我在往家赶的路上重重地摔了一跤，我摔在了一边，父亲摔在了比我更远的地方，自行车在光滑的冰面上躺着，轮子还在飞速地转动着。父亲先我爬起来，过来一把扶起我，昏黄的路灯下，父亲一边给自行车正轮子，一边不好意思地看着我，满脸浮动着尴尬，嘴里还连连说些人老了不中用的话。那一个晚上，父亲把我推回家。结果，第二天我才发现父亲的腿已经摔坏了，可是粗心的我并不知道，父亲是一瘸一拐地把我推回家的……"

她接着说："前些天，我在学校阅览室看到了一篇文章，是写鸟雀如何哺育自己的雏儿的。文章有一段是这样写的：一只燕子有时为了一条虫子，要飞上几十里的路程，在田间地头往返无数次；一只麻雀为了得到一粒米，要穿梭无数个农家，甚至有时不惜性命闯进农家的粮仓。它们就这样来回地奔波，从来没有顾及过自己的汗水、鲜血以及生命。直到有一天，所有稚嫩的翅膀突然展开，消失在蓝天。"

听完邻座的讲述以后，我哭了。这使我想起了我的父母。我知道这个天底下有铭心刻骨的爱，有九死一生的爱，也有肝肠寸断的爱，但是和这些轰轰烈烈的爱相比，我觉得伟大的爱更寓于平凡和琐碎当中。它可能就琐碎到鸟雀寻找一只虫子、一粒米那样大小，甚至小到我们看不见，感觉不到，可是正是这些爱，像一盆炭火，像一缕阳光，实实在在，贴心贴肉，温暖着我们的手足，温暖着我们的心窝，默默地陪我们走完人生之路而没有怨言而不求回报，我觉得这才是这个世界上最真挚最朴素的爱。

那个女同学讲完之后，班上立刻爆出了热烈的掌声，那是我所听到的最热烈的一次掌声。

佳句回味

◎ 我知道这个天底下有铭心刻骨的爱，有九死一生的爱，也有肝肠寸断的爱，但是和这些轰轰烈烈的爱相比，我觉得伟大的爱更寓于平凡和琐碎当中。

◎ 它可能就琐碎到鸟雀寻找一只虫子、一粒米那样大小，甚至小到我们看不见，感觉不到，可是正是这些爱，像一盆炭火，像一缕阳光，实实在在，贴心贴肉，温暖着我们的手足，温暖着我们的心窝，默默地陪我们走完人生之路而没有怨言而不求回报，我觉得这才是这个世界上最真挚最朴素的爱。

阅读心语

粒米之爱让我想起孟母三迁的故事，母性的光辉，典雅而高贵。孟母顾及孟子的成长学习，不惜奔波择良而居，虽备极辛苦，但唯求付出，使子女得到将来最美好的幸福。你们现在的父母又何尝不是如此呢？

作为一个“人”，真是件喜乐之事，这全是前世因果与父母之缘，应该衷心铭谢。

我们得以五体完整地长大成人，虽然平凡无杰出之才，但仍心存感激。

（王刚）

城里的孩子没有童年

周国平

一个人的童年，最好是在乡村度过。一切的生命，包括植物、动物、人，归根到底来自土地，生于土地，最后又归于土地。上帝对亚当说：“你是用尘土造的，你还要归于尘土。"在乡村,那刚来自土地的生命仍能贴近土地,从土地汲取营养。童年是生命蓬勃生长的时期,而乡村为它提供了充满同样蓬勃生长的生命的环境。农村孩子的生命不孤单,他们有许多同伴,与树、草、野兔、家畜、昆虫进行着无声的谈话,本能地感到自己属于大自然的生命共同体。相比之下,城里孩子的生命就十分孤单,远离了土地和土地上丰富的生命,与大自然的生命共同体断了联系。在一定意义上,城里孩子是没有童年的。

今天的孩子已经越来越没有童年。到各地走走,你会发现到处都在兴建雷同的城镇,千篇一律的商厦和水泥马路取代了祖先们修筑的土墙和小街,田野和村庄正在迅速消失。孩子们在这样一种环境中成长,压根儿没有过同大自然亲近的经验和对土地的记忆,因而也很难在他们身上唤起对大自然的真正兴趣了。有一位作家写道,她曾带几个孩子到野外去看月亮和海,可是孩子们对月亮和海毫无兴趣,心里惦记着的是及时赶回家去,不要延误了他们喜欢的一个电视节目。

佳句回味

◎ 一切的生命,包括植物、动物、人,归根到底来自土地,生于土地,最后又归于土地。

阅读心语

今天的孩子不愁吃,不愁穿,想要什么有什么。他们是爸爸妈妈心里的小太阳,是爷爷奶奶心里的小皇帝,捧在手里怕飞了,含在嘴里怕化了,何来无奈?然而,当如今的孩子们听说上树掏鸟窝,下河摸小鱼,春天放风筝,夏天去游泳,冬天打雪仗以及掷沙包、跳皮筋、丢手绢、打弹子、跳方格的童年趣事时,他们的脸上只会露出困惑而迷茫的神情。他们除了很重的作业负担之外,常常靠电脑和电视机的画面消磨童年。城市里有限的空间,就如笼子般规范着孩子们"撒野"的性格,让他们无法"摸爬滚打",这样的生活和生存空间已让很多孩子失去了本该有的"创造力"。

童心是纯真的,无忧无虑的,每个孩子都有一个梦。整个社会有责任让孩子们的童年充满欢乐与幸福,让他们真正的健康成长。

把童年还给孩子们!

(刘炯)

培养“会打酱油”的孩子

胡忠英

最近一位朋友带孩子从澳大利亚回国探亲，笔者发现这个从小在国外长大的孩子非常具有经济头脑，才5岁大的小人，在街头买小吃时就知道用不太流利的汉语问摊主：“能不能钱少一点？”见到笔者惊讶，朋友说，外国人很早就会教孩子认识钱，理财教育是孩子从小必修的生存技能课，用句中国的老话说：“孩子很小就会自己打酱油了。”

据了解，国外儿童教育专家认为：孩子越早接触钱，学会有计划地花钱、挣钱，长大后生存能力越强。比如美国就有专门针对少儿理财教育的目标要求：小孩子从3岁起要学习辨认硬币和纸币；5岁时知道钱是怎样来的；7岁时能看价格标签；8岁时知道可以通过做额外工作赚钱，并且把钱存在储蓄账户里；10岁时懂得每周节约一点钱，以备大笔开销使用；11～12岁时就知道制定并执行开销计划，懂得正确使用银行业务中的术语……

我们对孩子的金钱教育观与国外截然不同。长期以来，我们的传统教育是“书中自有黄金屋”，绝大多数孩子从小就被困在各种益智书本里，即使现在提倡“减负”和素质教育，父母们在课外也只想到让孩子学琴棋书画，唯独忽视了“怎样用钱”这种生存技能的教育。绝大多数父母认为不该让孩子从小“钻钱眼”，传统的义大于利的道德观也让家长羞于对孩子谈钱，生怕污染稚嫩的心灵。这些都造成我们青少年理财知识的缺乏，很多孩子因为很少经手钱或仅限于支配少量零花钱、压岁钱，乃至上大学及工作以后理财方面仍一塌糊涂，大手大脚花钱而且非常缺乏投资理财的能力，这实际上是一种生存技能的缺陷。

佳句回味

◎ 孩子越早接触钱，学会有计划地花钱、挣钱，长大后生存能力越强。

◎ 很多孩子因为很少经手钱或仅限于支配少量零花钱、压岁钱，乃至上大学及工作以后理财方面仍一塌糊涂，大手大脚花钱而且非常缺乏投资理财的能力，这实际上是一种生存技能的缺陷。

阅读心语

我们的传统教育,使"钱"在我们眼里总是那么的肮脏。但是在现实生活中,挣钱与花钱,又是无法回避的一对关系,这就让从小"视钱财如粪土"的我们感到十分困惑与为难,往往造成的结果就是我们在理财方面总显得手足无措。

而在市场经济大潮中,一个不懂得理财的人,就无法很好地运用有限的资源为自己创造更美好的生活!

其实,要培养一个会打酱油的孩子,一个会理财的孩子,并不只是给他们一笔钱,教他们学会讨价还价这么简单。更重要的是,我们整个社会应该改变传统的教育观念,把理财看做是一门现代人生存的必修课,一门必备的生存技能,从而让孩子树立正确的理财观,这样才能帮助他们在人生路上走得更好!

(魏继发)

脚底下有一颗心

原　野

在报上读到台湾王作荣先生的一篇文章,说在 2001 年 9 月他回大陆访旧,"在北京的机场下机,双足踏上故园泥土,我激动地哭了,一直哭出了机场"。

王作荣曾任"监察院院长",睽违"故园"52 年。在文章中,他使用了一个词组"故园泥土",显现出人原来也是一株植物,有根系,毕生都在探寻泥土的养分。

受王先生文章的感染,我想起不久前看到的一组民间资料。1945 年间,日本军人对朝阳市石明信沟村进行围剿和屠杀。村民们躲在悬崖的石缝里避祸,几昼夜不敢回家,妇女用鞋壳接尿,给孩子当水饮。走不动的老年村民都被日本军人杀死。村民说:"脚底下只有一个主意,跑!"

有一些健壮的村民放心不下地里的庄稼,夜里偷跑回村侍弄庄稼,又被日本军人杀掉。

乱世与治世，人的心都长在脚底下，离家或返乡。说心长在脚底下，是说它最能感受到大地的声音。只有人才想念家园，家园也把寻找离散儿女的信息从泥土传到四方，这是土地与生民之间的语言。如同方言，只有故里子弟才能通晓。

王作荣先生由湖北而台北，垂垂老矣。而脚底下的那颗心始终不老，只有落到大陆的土地上才安稳。于右任当年走不出那个岛，脚下的心也在落泪："葬我于高山兮，望我大陆。大陆不可见兮，唯有痛哭。"我读过老先生的碑帖，其魏森严，其隶美妍，目光最后落在题款"三原于右任"之时，心仪无限，觉得这是一位当今的汉唐大将军。暮年思乡，胡未返秦？其情何止于凄怆。于将军诗心已游关中，双足却绊岛内，神往之地只有高山了。

土尔扈特人东归天山的故事，已为人熟知，这是一部"走"出来的史诗。1771年1月5日清晨，鸡鸣，时辰已到。分布在伏尔加河两岸的20万土尔扈特人准备出发。但上苍跟他们开了一个残酷的玩笑——伏尔加河竟然未结冰，河西的7万土尔扈特人无法渡河。渥巴锡汗最后含泪下令出发，众军民向河西叩首作别，东归。从此之后，河西的土尔扈特人——后被称为喀尔玛克（卡尔梅克）人，走入了噩梦，在沙皇以及后来的专制政权的迫害下，身命凄凉。这是走不出去的悲剧，也是归不得的悲剧。最早感知命运结局的，是脚底的心。

脚把心带到远方，心又把脚带回故园。人这一生走来走去，其实只绕着这一颗心。

佳句回味

◎ 人原来也是一株植物，有根系，毕生都在探寻泥土的养分。

◎ 最早感知命运结局的，是脚底的心。

◎ 脚把心带到远方，心又把脚带回故园。人这一生走来走去，其实只绕着这一颗心。

阅读心语

人的一生有很多种情感，然而最难以割舍的就是故乡情。

现实让我们走出家乡去闯荡更为广阔的天空。然而无论我们走到哪里，走了多远，我们疲惫的脚下总会有一颗坚韧执著的心，我们总能够感受到故乡的气息，故乡的召唤，这是我们心的呼唤，也是把我们再次带回故乡的动力。心和故乡是相连的，这种联系是无法用外力分开的。

即使面对死亡，人们依然无法割舍强烈的故乡情，越是在生命的最后一刻，越能够感受到故乡强烈的召唤力。那种感情，是我们的根，是我们一辈子也割舍不掉的东西。

（郑国强）

有一个地址是不会变的

程 云

有一个地址是不会变的，那就是妈妈的地址。每每我们给同学、朋友留下手机、伊妹儿等联系方式，总忘不了留下家里的电话，因为家里的电话是不会变的。当然，这不是绝对的，但至少家里的电话、地址总是相对固定的。其实，只要家的地址不变，我们就会心安若素，因为那是我们的精神家园。

在街上遇到多年不见的朋友，他匆匆写好电话号码交给我，却又要回纸条，边补写边对我说："你还是打电话到我妈妈家比较容易找到我。我早出晚归，放假和周末多是在我妈妈家吃饭。"

另外一次，我要速递邮件给一个朋友，他特别嘱咐："请把东西送到我妈妈家去。我妈妈家全日有人，送到我家我反而不一定收得到。"

我们这一代，搬家，更换电话、手机、传呼机号码甚至电子信箱的频率，已接近"日新月异"的速度。联系的方式多了，人却越来越难找。除了工作上经常接触的人以外，其余的旧如故交，总是要到想起的时候，才发现已经找不到了。最后的办法，也是最好的办法，就是打电话给那人的妈妈。

十之八九，那人的妈妈是在家的；十之八九，在那人的家搬了又搬，地址和电话换了又换之后，那人的妈妈，还在原来的地址，保持着原来的电话号码。

事实上，我们的祖辈，当年也"搬"过。从老远的地方搬向另一个地方，对于安土重迁的华人来说，是件大事。然而落地生根之后，祖辈也就不轻易再搬了。到了我们这一代，搬的条件越来越好，在地址和地址之间，号码与号码之间，身份与身份之间，搬个不停。人生的规律，仿佛就是这种停不下来的迁徙。

“妈妈”——除了有上述实际功能，其实还有象征的意味。“妈妈”是生命的源头，妈妈是生命的根本，这“根本”的地址是不会变的。只要我们愿意记得，也还肯尝试，就能凭借妈妈的地址，妈妈的电话号码，联系那已经在漂浮的迁徙中遗失的自己。

忽然觉得，现实生活中，不变的妈妈的地址和电话，也许是我们这一代年轻人的精神支柱，那么到了下一代，他们还能拥有不变的妈妈的地址、妈妈的电话号码吗？

佳句回味

◎ 有一个地址是不会变的，那就是妈妈的地址。

◎ 只要家的地址不变，我们就会心安若素，因为那是我们的精神家园。

◎ 人生的规律，仿佛就是这种停不下来的迁徙。

阅读心语

有一个地址是不会变的，那是妈妈的。

有一根丝线斩不断、烧不烂，它连着妈妈。

有一颗心漂泊在四方，也不会迷路，它思念着妈妈。

伟大的母爱，给予我们太多的安慰和关怀。每当我们感到害怕，每当我们感到无助，每当我们感到伤心流泪时，母亲往往是我们最先想到的！只要家的地址不变，我们就会在心里面安之若素，因为那是我们的精神家园。

（曹立巍）

一位母亲写给世界的信

［美］威廉·贝纳德

亲爱的世界，我的儿子今天开始上学。在一段时间内，他可能会感到既陌生又新鲜，我希望你能对他温和一点。

你知道，直到现在，他一直是家里最受宠的人，我从没有离开过他的身边。

可是现在，一切都将发生变化。

今天早晨，他将走下屋前的台阶，挥挥手，踏上他伟大的冒险征途，途中也许会有挫败、泪水和伤痛，但我告诉他，必须面对。他要在他必须生存的世界中生活，他需要信念、爱心和勇气。

所以，世界，我希望你握住他稚嫩的手，教他知道一些事情。教他，但如果可能的话，请温柔一点儿。

教他知道，世界上有一个恶棍，就有一个英雄；有一个奸诈的政客，就有一个富于奉献精神的领袖；有一个敌人，就有一个朋友。

教他感受书本的魅力，给他时间，去安静地思索自然界中永恒的神秘：空中的小鸟，阳光下的蜜蜂，青山上的花朵。

教他知道，失败比欺骗要光荣得多；教他要坚信自己的思想，哪怕别人都予以否定；教他可以把自己的体力和脑力以最高价出售，但绝对不要出卖自己的爱和灵魂；教他对暴徒的嚎叫不屑一顾……并且在认为自己是对的时候冲上去战斗。

以温柔的方式教导他，但不要溺爱他，因为只有烈火才能炼出真钢。

这是个很高的要求，世界，请你尽力而为，他是一个多么可爱的小伙子。

佳句回味

◎ 世界，我希望你握住他稚嫩的手，教他知道一些事情。

◎ 以温柔的方式教导他，但不要溺爱他，因为只有烈火才能炼出真钢。

阅读心语

这也是你的母亲对你的希望，希望你正确地去看待这个世界。

你已经长大，不要总是依赖父母，天不会塌，地不会陷，要用你的双手，创造自己的未来。

你已经长大，不要怕路途艰难，不要说“我不行”，闯出来的人生，才是精彩人生。

你已经长大，不要怕痛苦和失败，这是人生的必然，没有经历过，哪会长大成材？

你已经长大，不要怨父母心狠，推你出家门，跨不出第一步，何以走得更远？

你已经长大，睁大你的双眼，张开你的翅膀，自由大胆的飞翔，希望和曙光就在前方。

你已经长大，虽然你远离家园，虽然父母常思念你，但你的勇敢和坚强，让你骄傲和自豪。

（朱秀红）

呵护孩子的梦

曾文广

多年以前的一个晚上，有个年轻的母亲正在厨房里洗碗，她才几岁的儿子独自在洒满月光的后院里玩耍。年轻的母亲不断听到儿子蹦蹦跳跳的声音，感到很奇怪，便大声问他在干什么。天真无邪的儿子也大声回答："妈妈，我想要跳到月球上去！"这位母亲并没有像其他的父母一样责怪儿子不好好学习，只知道瞎想，而是说："好啊，不过一定要记得回来呀！"

这个小孩长大以后真的"跳"到月球上去了，他就是人类历史上第一个登上月球的人——美国宇航员尼尔·阿姆斯特朗。他登上月球的时间是1969年7月16日。

还有一个同样有意思的故事——一天，一个小男孩在家里照顾他的妹妹莎莉，他无意中发现了几瓶彩色墨水。母亲不在家，那些瓶子对他是一种极大的诱惑，小男孩忍不住打开瓶子，开始在地板上画起了妹妹的肖像。不可避免地，他把室内各处都洒上了墨水污渍，家里变得脏乱不堪。

当他母亲回来时，被眼前的情景惊呆了，但她同时也看到了地板上那张画像——准确地说是一堆乱七八糟的墨迹。她对色彩凌乱的墨水污渍视而不见，却惊喜地说道："啊，那是莎莉！"然后她弯下腰来亲吻了她的儿子。这个男孩就是本杰明·威斯特，后来成为一位著名的画家，他常常骄傲地对人说："是母亲的亲吻使我成了画家。"

对于一个未成年却充满想象力的孩子，我们永远都不可能预测他将通过何种方式、何种途径去实现未来的人生价值，获取属于他的成功。我们要做的只有一件事，那就是鼓励，再鼓励！只要是积极的、向上的、生动的就去鼓励，剩下的一切都交还给他自己——让孩子做孩子的事，他往往能在"不可能"或"不太可能"中找到可以献身的东西，并能在造福于人类的事业中达到一个光辉的顶点！

佳句回味

◎ 只要是积极的、向上的、生动的就去鼓励，剩下的一切都交还给他自己。

◎ 让孩子做孩子的事，他往往能在“不可能”或“不太可能”中找到可以献身的东西。

阅读心语

从童年时代，我们就不可抑制我们的好奇心。可是对一个懵懂天真的小孩来说，一些“伟大的发现”往往伴随着无可挽回的破坏性：你很可能因为好奇收音机的内部构造，把爸爸新买的收音机拆个稀巴烂；或是模仿大人的样子用钢笔写字，把爸妈新买的床单弄脏。而这种时候大人的反应往往能影响孩子的一生。

就像文中，阿姆斯特朗的妈妈不埋怨孩子不做作业，还鼓励他胡思乱想，结果这个孩子梦想成真，真的站在了月球上；本杰明·威斯特的妈妈无视被毁掉的房间，反而极力赞扬这个捣蛋鬼画技出众，这孩子日后成了画家。

可见，呵护一个孩子的梦，是多么的重要！

（袁占斌）

孩子，你真棒

佚　名

晚饭后我在厨房洗碗，双手浸在洗碗水里。我7岁大的儿子罗勃在浴室里喊我。他在浴缸里，跪在水龙头前，在冒泡的瀑布下挥舞他的塑胶蛙人。水从水龙头汩汩地流出，满室都是带着肥皂香的蒸气。

“有什么事吗？”我在门口问他。

“没什么，”他说，一边把水龙头关了。“我只是想让你来跟我聊聊。”他笑笑，张开脱落了五颗门牙的小嘴，那真挚的笑容使我动容。他小心翼翼地把瘦削的身躯、四肢和圆球般的膝头滑下水里。罗勃喜欢挑浸在热肥皂水里的时候，把一般男孩子通常会有的想法和幻想向我热情倾诉。

他平常不大说话，人很沉静。他是那种会把在街上遇到的，特别是那些需要照顾的小生物，统统带回家去的男孩；那种会花上整个下午绘画古阿兹特克印第安人、金字塔、蛇神和战士的男孩。你给他最后一块蛋糕，他会抬起头来老实地望着你，说出叫人难以相信的话："我已吃了我那一份。"他就是那种男孩。

我把浴室内唯一的座位的上盖放下，坐下来，等他开口。

"你知道为什么我们能站在地球上吗？"他眼睛发光地问道，一边咧嘴笑，一边用毛巾擦手臂。

"那你知道吗？"我假装很诧异地问他。

"那是由于地心吸力，"他解释说，"那是一种力量，把东西吸到地球来，但那是很难解释的。"

他像只水獭般动作优美地滑进水里，头发浮在水面，随水波漂动，只露出双眼、鼻子和嘴巴。"没有地心吸力，"他凝视着天花板说道，"我们就会飘来飘去，食物不能好好的放在盘子里，连盘子也会飞到天花板上……星球会在太空里乱窜，互相碰撞。"罗勃眼睛睁得大大的，对于自己创造的混乱景象也感到十分惊奇。

我张开浴巾等他，然后把他裹起来，这是个老习惯，他还是婴儿的时候就已经开始了。即使隔着厚厚的浴巾，我仍可感到他那薄薄的肩胛骨，我取笑他背后凸出一双天使的翅膀，但我只是轻轻一拥他就放开了，他不再允许我像以前那样把他紧搂在怀里，那时一条浴巾就可把他整个裹起来。

就在这一刻，在肥皂和洗头水、温暖湿润的皮肤、干净湿发的香气中，另一股无须多加解释的力量正把我俩紧连在一起。

佳句回味

◎ 就在这一刻，在肥皂和洗头水、温暖湿润的皮肤、干净湿发的香气中，另一股无须多加解释的力量正把我俩紧连在一起。

阅读心语

小男孩罗勃善良、自我、诚实、勤于思索，有所有孩童纯真自然的天性。

他对母亲依恋，但不是像婴儿那样的依恋母亲温暖的怀抱。他也许认为自己已经长大成熟，他以男子汉的姿态和母亲聊天，向母亲诉说自己对世界未知事物的迷惑，从母亲那里寻找答案。

这种有深度的交流使这对母子看起来那么不同。看，一名小小少年，在浴缸里，在温热的洗澡水里和母亲随意交谈，谈话充满想象，充满对世界的探索思考。

母子的温情在夜幕下的浴室里氤氲浮动，母亲满眼都是对这个7岁小人儿的疼爱和骄傲，这是多么令人感动的一幕！

（石奇江）

和儿子谈“性”和“爱”

方青卓

周末傍晚。儿子放学回来，自己拿出行李包里的游泳裤。“妈妈，我这个星期又游了两次泳。”

“真好。孩子，你要坚持。”

“妈妈，还是我们男生好，想游泳就游泳。”

看着眼前的儿子，我不知不觉放下手中正在择的青菜，我不明白他想要说什么，但隐隐感到了他要表达的意思。儿子长大了，儿子再也不是过去那个只吵着要买玩具汽车的小孩子了，再也不是那个只对手枪、游戏感兴趣的小孩子了，他开始想了解异性，他开始想了解性知识了。

“我们班女生真没劲，总有病，没法游泳。”儿子瞥了我一眼。

“孩子，你们班女生不是生病了，是身体遇到了特殊的时期。”

“妈妈，其实我知道，是来例假了吧？”

“你怎么知道的？……是啊……来例假就不能游泳了。”

“那，妈妈，她们来例假疼吗？”

“不疼。”

儿子坐在饭桌旁，垂着眼皮，安静地喝完了一瓶酸奶。“那……那来例假就是流血吧，流血不是会死人吗？”

儿子没抬头，手里转着空的酸奶瓶。

“女生来例假就像是男生流鼻涕一样，你流鼻涕疼吗？不疼吧？这是大自然的自然现象。”

“妈妈，那你有没有例假？”

“妈妈也有，不过妈妈正在走入更年期。”

“更年期？更年期是怎么回事儿？”

“更年期是女人的一个生理变化过程，再说得具体一点儿呢，是女人的一个阶段，比方说，女孩子十几岁的时候，她们的子宫就成熟了，长成一个小梨那么大，于是她们就有了例假。当她们要当妈妈的时候，‘小梨’就会扩大很多很多倍，变成一栋给宝宝住的房子，是妈妈创造了这个奇迹。”

“太神奇了！妈妈，我也住过你的小梨房子吗？”

“当然住过，孩子，你在房子里长到你足够健康强壮了才从房子里出来，妈妈的房子才完成了她的任务。”

“可是我看你在《红蝴蝶》里写过你不想要我，还跳绳！”

他怎么什么都知道啊？“妈妈不是不要你，妈妈那时候不认识你。”

“我住在你的房子里你怎么可能不认识我？我跟你是一起的！”儿子急了，酸奶瓶子也不转了。

“听妈妈说，你在妈妈的房子里住了10个月后妈妈才见到你！”

“我住了那么长时间，我怎么不记得了呢？”

“那是因为你还没有记忆，连眼睛还没睁开呢！”

儿子咯咯在笑，他起身走到我面前，动手要帮我择青菜，奇怪，他从来没有择过菜，这是第一次。他一边看着我择青菜，一边学着。我心头一热，孩子大了，懂事了。

“妈妈，那我住的房子现在怎么样了？”

“那个房子现在旧了，屋子里开始掉墙皮了。”

“那姥姥和奶奶她们的房子呢？”

“姥姥和奶奶的房子已经倒塌了，就剩一个小核桃那么大了。”

“因为她们过完‘更年期’，房子就不存在了，对不对？”

“说得很对，儿子。你要记住，女生来例假的时候身体很虚弱，她们不能过度受到惊吓，不能过度疲劳。你是男生，你是大孩子了，你应该懂得照顾女同学，帮助女同学，知不知道？她们不舒服的时候，你可以帮助她们拿书包。会关心女生，才是一个有绅士风度、有责任心的男生。”

“可是，可是我怎么知道什么时候要帮她们拿书包啊？”他说话的时候，小脸蛋还有点儿红，这个傻小子太好玩儿了！

“乖儿子，去帮妈妈拿个盘子，好吗？”

儿子听话地拿来了我最喜欢的白瓷盘子:“妈妈,等我长大了,我能跟你结婚吗?”儿子的表情很认真,认真得有点像我们家的大狗大丹。

“不行,孩子。你喜欢妈妈,妈妈喜欢你,你跟妈妈之间是亲情,不是爱情。有爱情的两个人才能结婚。”

“亲情和爱情有什么不一样吗?”

“孩子,洗洗手准备吃饭了。亲情和爱情是不一样的,现在你还太小,还不能真正体会其中的真谛,我想,你在一天一天长大,你会自己明白的。”

儿子低着头,香香地吃着我做的晚餐,忽然问:“妈妈,我怎么会成为你的儿子?你为什么会是我的妈妈呢?”

“我们两个有缘才会成为母子啊!”

“妈妈,如果让你挑最喜欢的一个字,你挑哪个?”

说实话,这个问题我还真没想过,“妈妈会挑‘人’字,妈妈认为这是生命中最重要的字。”

“我挑‘爱’字,我觉得这个字最重要。”儿子突然抬头看着我,“我爱妈妈。”

我的老天爷,这是我儿子说的话吗?

他懂得生命中的真爱,他懂!

佳句回味

◎“我挑‘爱’字,我觉得这个字最重要。”儿子突然抬头看着我,“我爱妈妈。”

阅读心语

十几岁的孩子,并不知“性”为何物,但对于“爱”,是完全明晓的。

我们有些大人,羞于与孩子谈“性”,认为这是大人才应该知道的事,孩子知道得越多越会变坏。事实上,“例假”就像流鼻涕一样,“更年期”就是那间“小梨房子”开始掉墙皮,是大自然的自然现象。大人们无需与孩子们谈“性”色变,若将“性”的教育渗透于“爱”中,不但让孩子们认识了“性”,而且懂得了生命中的真爱,何乐而不为呢?因为他们或许并不知“性”,但一定知“爱”。

(郑振茹)

孩子施舍的天堂

张丽钧

看过一幅儿童画：一个鱼缸，里面游动着6条漂亮的大尾巴金鱼；在鱼缸的四周，围着6只眼睛发亮的小猫。我心里一笑，想：6∶6，还省得争抢打架。但是等等，看看那幅儿童画下面歪歪扭扭的题字，居然是："太美了，舍不得吃！"我的心禁不住温柔地一动，为自己精神的庸俗而愧怍起来。

一日，走在熙熙攘攘的大街上，一个坐在妈妈自行车后座上的孩子突然指着一幅巨大的广告牌高声喊道："谁，找，你！"我和那位妈妈一同看那广告牌，广告牌上那位目光深沉的先生，正对着我们凝望。我无声地笑了。那个孩子得不到妈妈的回应，拽了一下妈妈的衣服，继续不依不饶地指着广告牌说："妈妈，你看呀，谁，找，你！"那位妈妈似乎明白了什么，猛地回头捂住了孩子的嘴。我再次抬头看时，也终于明白了孩子所谓的"谁找你"，原来是"雅戈尔"的误读。我很为那小气地捂住孩子嘴的妈妈遗憾，真的大可不必，孩子并不是存心丢你的脸，虽说他没有读对一个字，但他那大声读出三个半边字的热情与勇气不是很可贵吗？

一个小老师讲过这样一个故事：下雪了，人们都穿上了棉衣。一个孩子跑到老师跟前很认真地问："老师，天气这么冷，院子里的雕像也应该穿上棉衣。"老师只是一笑，并没有在意。过了一会儿，又有一个孩子提出了同样的建议。于是，老师决定带着孩子们举行一场雕像穿棉衣的仪式。我想，随着时光的推移，孩子会长大成人，孩子自己穿过的棉衣会忘掉；但是雕像穿过的棉衣将永远存留在他们的记忆中，冬天里一块石头所获得的刻骨的温暖，将使那日后在有形与无形的风雨中穿行的心感到美好与安慰。

在这个物质的世界里，我们的精神有时会觉得恍惚无依。“成熟”折磨着我们。我们眼看着自己的纯真与热忱、敏感与同情一点点被剥蚀，被风化。法国伟大的人道主义者阿尔贝特·史怀泽先生说：“我本能地防止自己成为人们通常所理解的‘成熟的人’。因为，与成熟相伴的往往是如此不和谐的词：贫乏、屈服、顺从命运的理性化……”在“早熟”成为全球性流行疾病的今天，让我们细心守护那弥足珍贵的童真与童趣，并让自己知道，这童真与童趣是上帝送给人类的最后的礼物，是上帝通过孩子施舍给我们的美丽的天堂。

佳句回味

◎ 在这个物质的世界里，我们的精神有时会觉得恍惚无依。“成熟”折磨着我们。

◎ 我们眼看着自己的纯真与热忱、敏感与同情一点点被剥蚀，被风化。

◎ 这童真与童趣是上帝送给人类的最后的礼物，是上帝通过孩子施舍给我们的美丽的天堂。

阅读心语

文章里的三个小故事向我们展示了童真的可爱和美好，小孩子们天真的心灵让我们感到快乐。

在我们成长的每一步脚印里，伴随着我们人生经验的逐步丰富，我们的童真也一点点地消失。

因为害怕犯错误，害怕被人笑话，很多话我们都不敢说出口；因为有了更多的自我保护和更多的欲望，我们也不再留有那颗纯真的心灵。成人的世界就是这样充满了隔阂和压抑，让人透不过气。

可是，我们却又都那么需要纯真、热忱、敏感、善良和同情，而这些正是孩子们身上最原始的优点。如果可以，就让我们保持着最初的那份童真，在混沌的世界里保持自己的本色，让自己纯洁的心灵永远不受到影响和污染吧。

（王云峰）

从菩提树之死说起

佚 名

从《读者》上读过这样一个故事：在纽约的小镇上，约翰夫妇家门口有一棵菩提树，这是纽约少见的一种树。大概也正因如此，树旁边特别支撑了一个坚固的铁架，也许正是铁架让菩提树避过了风雨的袭击，它一直长得郁郁葱葱，成了园子里的一道风景。

这年夏天，正是菩提树枝繁叶茂的季节。不知怎的，它却突然枯死了。每一个路过的人，都为它的凋零而倍感惋惜。这棵树从小就被人特别照顾，由于有铁架的支撑，从来没有向风雨低过头，为什么几十年过来了，今年却一下子就死了呢？

约翰夫妇抚摸着菩提树那依然细腻而光滑的树皮，突然发现树皮上竟被人割了一圈裂口。"是谁害死了菩提树呢？"约翰沿着刀痕转向另一侧，发现竟然是那根绑在支架上的铁丝。想必是菩提树幼小时，自己为了保护它而拴上的，岂料随着树的成长，铁丝渐渐地嵌入了树皮，直到此刻发现时，却已经迟了。

看到菩提树生命的逝去，我不由又想起了晚报上刊载的一则消息，说武汉市有一位年仅 19 岁的姑娘，因"考后没一点信心"，竟服安眠药自尽。次日成绩单公布，而她的成绩却超过高校录取线 7 分。

读完故事，我感慨万分。对孩子的呵护，如果超过有限的尺度——也许便成了溺爱。正如那成长中的菩提树，溺爱便是那一圈圈保护着它的铁丝，在保护它的同时，也正伤害着它。俗话说，"不经历风雨，怎样见彩虹，没有人能随便成功。"彩虹固然美丽，但不在风雨之后，它是无法显示出它的美丽的。

一位哲学家说：如果一个人生下来没有经受过任何挫折，那么他的一生是不完整的。面对这些故事，我想说："爸爸妈妈们，放手吧，还孩子们自由，让我们一起与风雨同行吧，那才是超凡绝尘的真爱。"

佳句回味

◎ 彩虹固然美丽，但不在风雨之后，它是无法显示出它的美丽的。

◎ 如果一个人生下来没有经受过任何挫折，那么他的一生是不完整的。

阅读心语

对于我们这一代来说，父母给予我们的关爱是很多的，无论是生活上还是学习上。但是有时候这种关怀过了头，就成了溺爱。

菩提树从小接受铁丝的保护，最后铁丝却成了杀害它的凶手，19岁的姑娘因为心理承受能力太差，最后竟服毒自杀。这些我们不愿意看到的惨剧，也许正体现了教育方法的一种误区。

每一个孩子都必须学会坚强，学会面对挫折，家庭教育如果从小就不注意锻炼孩子的意志，孩子的思想就不能够健康成熟，过度的溺爱给孩子带来的不仅仅是缺少意志的锻炼，最重要的是从小给孩子太多保护，孩子就经受不起一点风霜。

是改变这种方式的时候了。而对于孩子来说，也许他们更渴望迎接生活的磨砺呢！

（李强）

一只装着碎玻璃的箱子

佚　名

一位老人失去了妻子，独自生活，老人当了一辈子裁缝，最后却穷困潦倒没留下积蓄。老人年纪大了，也干不了活儿了。他的3个儿子现在都长大结了婚，各自忙着自己的生活，一星期只能跟老父亲吃一顿饭。老人越来越虚弱，儿子们来看他的时间也越来越少。一天夜里，老人又守着蜡烛孤独地过了一夜，最后想出一个主意。

第二天，老人去找自己的木匠朋友，求他给自己做个大箱子，然后他跟玻璃匠要了一些碎玻璃。

老人把箱子搬回家，装上碎玻璃，上了锁，把它放在厨房的饭桌下。儿子们回家吃饭时，发现了箱子。

“箱子里是什么？”他们问。

“哦，没什么，”老人说，“只是我收藏的一些小东西”。

儿子们推了推箱子，发现很沉，踢一踢，里面叮叮当当地响，他们想：“肯定是老头子存的金币。”

儿子们觉得应该看着这箱财宝，于是决定轮流和老人住在一块，以便“照顾老人”。第一个星期，小儿子搬到老人家里，第二个星期，二儿子住过来了；第三个星期，大儿子住过来……

最后老人去世了。葬礼结束后，儿子们找到钥匙把箱子打开。当然他们看到的只是一箱子碎玻璃。

“多狡猾的老头！”大儿子叫道，“他对自己的儿子们太残忍了！”“但是他能怎么办呢？”二儿子悲伤地说，“如果没有箱子，我们恐怕不会去照顾他”。“我为自己感到很耻辱，”小儿子抽泣着说，“是我们逼得老父亲行骗”。

但是大儿子不甘心，他把箱子翻过来，希望能在碎玻璃中找到值钱的东西。终于，他们在箱底看到了老人留下的一行字：“请你们让父母得到尊重。”

佳句回味

◎ 赶紧为你的父母尽一份孝心吧：也许是一处豪宅；也许是一片砖瓦；也许是一桌山珍海味；也许是一只野果一朵山花；也许是花团锦簇的盛世华衣；也许是自己亲手缝制的一双布鞋；也许是乳燕归巢般的惊喜；也许是透着关切的默默一瞥……在孝心的天平上，它们是等值的，都能给伟大的父母带去清凉的慰藉。

阅读心语

看完这个故事，相信每个有孝心的孩子都会为之愤怒。在这个世上，全心全意不计代价地去爱自己的，只有父母；无论你多么贫穷多么卑微，以永恒不变的感情去爱着你的，只有父母。一个连父母都无法挚爱的人，还能指望他会爱谁？把自己的利益放在至高无上位置的人，怎能成为为人类献身的大师？养育之恩乃昊天之德，违背的人肯定连起码的良知都没有，故事里的“儿子”怎能不让人愤怒呢？

作家毕淑敏这样提醒我们：赶紧为你的父母尽一份孝心吧：也许是一处豪宅；也许是一片砖瓦；也许是一桌山珍海味；也许是一只野果一朵山花；也许是花团锦簇的盛世华衣；也许是自己亲手缝制的一双布鞋；也许是乳燕归巢般的惊喜；也许是透着关切的默默一瞥……在孝心的天平上，它们是等值的，都能给伟大的父母带去清凉的慰藉。

所以，要尽孝就要赶快，一旦错过，遗恨终生。

（徐剑）

紧握木棒的黑孩子

［美］R·赖特

那天晚上，母亲告诉我：今后我必须学会自己到食品店买东西。母亲领我到大街拐弯处的食品店走了一趟，让我记住路怎么走。我激动不已，觉得自己一下子长成了大人。

第二天下午，我就拎着篮子沿着人行道去那家食品店买东西。

当我走到街道的拐弯处时，突然，一伙流氓蹿了出来。他们揪住我的衣领，把我推倒在地。他们夺走了我的篮子，抢去了我的钱。我惊慌失措地回了家。

我把发生的事情告诉了母亲，可是她没做声，随即坐了下来，写了一张所买东西的清单，给了我更多的钱，又打发我去食品店。我踌躇着走上了大街，发现还是那帮小痞子在路边闲逛，我掉头飞奔回家。

“又怎么啦？”母亲问我。

“还是刚才那群流氓，”我战战兢兢地回答，“他们还会揍我的。”

“我要你自己去对付这些人，”她平淡地说道，“好，去吧。”

“我害怕。”我乞求道。

“走吧，不要理睬他们。”她告诉我。我走出家门，径直沿人行道走去，心里祈祷着——那群小流氓别再骚扰我。

然而，正当我走到几乎和他们并排的时候，其中一个突然喊道：“看，还是那个黑小孩儿。”

地痞们向我逼过来了。我感到心惊肉跳，马上转身狂奔起来。很快，我被追上了。他们把我搡倒在人行道上。我哭喊，恳求，用两脚使劲蹬，但都无济于事，没逃脱被殴打的噩运。他们掠走了我手中的钱，扯住我的两腿猛拽，朝我的脸上凶狠地抽扇。最后，我又是哭着走回家。

母亲在门口遇见了我。

“他们打……打……打我，”我边抽泣边委屈地说，“他们抢……抢……走了钱。”我正要迈上台阶，渴望着躲进“家”这个避难所。

“你不要进来。”母亲阴沉着脸警告我。

我吓得退回原地，瞪大了眼睛看着母亲，心中无限委屈。“可他们一直追着打我。”我哭诉着。

“那你就给我站在该站的地方，”母亲用吓人的声调说道，“今天晚上我非教你学会挺起腰板儿不可。并且让你学会怎样保护自己。”说着，她走进屋里，我只是战战兢兢地等着，不知道母亲要做什么。

不一会儿，母亲出来，拿出更多的钱和另一张买东西的清单，而且另一只手中拿着一根又长又重的木棒槌。“带上这些钱和这张清单，还有这根木棒槌，”她说，“去，到商店把东西买来。”

我疑惑了——母亲在教我打架——这是她以前从没有做过的事。

“可是，我怕——”我嗫嚅着。

“要是买不了东西，你就不要进这个家门。”母亲冷冷地说。

“他们会欺负我，他们……”

“那你就呆在外面，不准回来！”

我憋足了力气向台阶上冲去，试着挤过母亲，闯进屋里。可随即而来的，是脸颊上重重的一记耳光。我被抽到了大街上。我哭求着：“妈，求求您让我明天再买吧！”

“不行！”她说，“现在就去。你要是空手回来，我非揍你不可。”

“砰”的一声，母亲关上了门，上了保险。

那伙流氓就在我身后，只身一人面对这阴森的街道，我惊骇地颤抖着。只有两条路可走，或是回到家里，或是远离家门。我攥着木棒，边抽泣边思索。如果我回到家里，最终也躲不过被母亲打一顿，而且自己丝毫不会对此做什么改变，然而，我要是走上街头，去面对那些无赖，那么至少可以获得机会用木棒和他们较量较量，看到底谁输谁赢。

我慢慢沿街走着，接近了那伙地痞，我捏紧了木棒，紧张得几乎停止了呼吸。

我已经站在他们对面了。

“黑小子，又来啦。”他们狂吼滥笑着，很快把我围住，其中一个正要抓我的手。

“我他妈宰了你们！”我从牙缝中挤出这样一句话。随着我的吼声，手中的木棒早已使一个地痞的脑袋开了花。接着又是一棒，闷住了另一个流氓。就这样，我打倒了一个又一个，把刚才的怨恨和愤怒全部倾注在这根木棒上。我明白，只要我停歇一秒钟，痞子们就会缓过劲来，所以我要把他们一个个打倒，不能让他们有机会再爬起来。我呐喊着，挥舞着，眼睛里含满了泪水。刚才所遭受的殴打，所受的屈辱，一幕幕又在脑子里呈现。阵阵余悸使我每抡动一次木棒都要用上全身每一分气力。

挨过一顿猛击，小流氓个个狂呼乱喊，抱头鼠窜。有个地痞瞪大了眼睛看着发生的一切，一点儿也不相信这是刚才那个任他们肆意欺侮耍弄的黑小子。他们大概从来也没看见过这样的疯狂愤怒。

我站在那儿喘息着，叫骂着，激他们上前来斗。当发现小流氓们真的吓破了胆时，我就急追过去。他们喊着、叫着飞跑进各自的家。

随后出现在街道上的是那些地痞的父母们，他们是来吓唬我的。是平生第一次吧，我冲着大人们高声喊叫。我警告他们，如果要找我的麻烦，那我就让他们尝尝我木棒的滋味。

最后，我终于走到商店，买了东西。

回家的路上，我仍紧握木棒，准备着再次用它保护自己。可是，这回连个流氓的影子都没有碰上。

就是那天晚上，我赢得了在美国孟菲斯城的街道上行走的权利！

佳句回味

◎ 回家的路上，我仍紧握木棒，准备着再次用它保护自己。可是，这回连个流氓的影子都没有碰上。就是那天晚上，我赢得了在美国孟菲斯城的街道上行走的权利！

阅读心语

并不是所有的善良都会得到尊重，并不是所有的弱者都会得到同情。在用拳头说话的黑暗街区，要想得到你应有的权利，你必须颠覆自身的道德准则，用野蛮的方式对付野蛮，用残忍的手段回应残忍。

人，应该保有赤子之心。可是，为了在弱肉强食的世界上求得生存的机会，你就得战胜生活，而不是跪地求饶！

母亲在孩子受欺侮时，并没有软语安慰，而是给了他一根木棒——母亲就像把幼崽推下土坑的母狼，硬着心肠把孩子推出门去——只为了给孩子锻炼的机会，只为了给孩子亲历社会的机会，只为了给孩子在美国孟菲斯城的街道上行走的机会！

（魏继发）

亲爱的小孩

莫小米

不是没有介入过希望工程，但都是被收去一笔钱了事。真正与结对的小孩见面，还是头一次。

那个偏远而宁静的小山村的会堂今天张灯结彩，从仪式一开始，一排七八个小孩就在那儿坐着了。他们很小，很乖，一个个一动不动。此前我已填过一张捐助卡片，知道对方是个二年级男孩，现在我远远地猜测着哪个是我的小孩，以至于一个接一个领导的讲话半句也没听进去。

终于有一个穿红衣服的男孩被领到我的面前，我们一对对地在台上相倚着立成一排，摄像机也同时扫描过来。

这时我发现，在场的男孩女孩臂上差不多都有两条或三条杠的少先队干部标志，而我的小孩没有。且从老师介绍中得知，这些孩子大多成绩优异，于是我们就有了如下的对话。

老师说他一年级时是个差生，现在达到中等。我说，没关系，分数不是最重要的。老师说这孩子懂事，不像别的男孩那样调皮。我对孩子说，你可以调皮一些的。他一脸茫然地看着我，连预先想好的“谢谢阿姨”之类的词儿都忘了说。

播出时我们的镜头理所当然地被剪去了。后来得知，除我之外几乎所有的捐助者都预先对受捐对象提了至少是“品学兼优”一类的条件，最苛刻的一位女士甚至提了包括成绩名次、相貌、身高、性别、是否听话、健康状况、家庭成员状况等十条要求。淳朴的乡村老师居然还真的按条件找着了一个孩子，电视播出时镜头在她俩身上停留时间也最长。而我从内心里希望剥夺这位女士的捐助权。按这些苛刻的条件，我的孩子便没有受助资格，而凭什么，我们拿出区区几百元钱，就自以为有资格要求孩子们这样那样！

和孩子们只相处了很短时间就分手了。印象中我的小孩比较沉默，自始至终不见他笑，让人心酸。

如果说这就是希望工程，从此我只遥遥地希望，我亲爱的小孩，你要多多绽开笑颜。

佳句回味

◎ 如果说这就是希望工程，从此我只遥遥地希望，我亲爱的小孩，你要多多绽开笑颜。

阅读心语

我们所做的一切，只是因为爱。我们希望孩子们都能摆脱贫困的生活，都能得到幸福。

孩子们得到幸福的代价是什么？是成绩、名次，还是那三道杠？

爱是无私的，不求回报的。我们为什么要对小小的孩子要求那么多？难道仅仅因为一个孩子不能考 100 分，他就得失去被爱、被呵护的权利？

作为一个孩子，一个天真、简单、不谙世事的孩子，他所要做的不是要多么懂事或是多么优秀；他所要做的，只是调皮地玩耍，快乐地生活，多多绽开笑颜。

（郑国强）

父爱都是一样的

李丹崖

男孩从 4 岁开始，学了 11 年的钢琴，终于有个机会，他可以报考美国的著名音乐学府——科帝斯音乐学院。于是，父亲为了他跑前跑后，多方筹钱才得以自费出国，说破了嘴皮子才得到签证许可,不惜旅途的奔波和劳顿……就这样历尽周折,他终于跟随着父亲来到了美国。

备考、报名,一切都进行得非常顺利。转眼到了考试当日,他如愿以偿地走进考场,而他的父亲却被考场工作人员堵在外面,理由是:家长不能跟随考生进入考场!这对于其他考生来说,可能算不成影响。但是,男孩不同,他年龄极小,从小到大的每一场考试都有父亲陪在身边,只有用他那厚实的大手拍拍男孩的肩膀,男孩才能信心十足地演奏。这次他的身边缺了父亲,他能考好吗?

考试预备铃声已经敲响。场外,男孩的父亲焦急得像热锅上的蚂蚁,总是不得安宁。他的父亲不会英语,为了能进入考场看着儿子考试,不知道和工作人员“商议”了多少遍,但是,任凭他用遍了周身所有的肢体语言,看门的考官却总是摇头。于是,无奈的他只得在场外唉声叹气。

男孩孤单地走进了考场,他生平第一次感觉到父亲那双厚实的大手对于他来说是多么重要,没有父亲拍一拍自己的肩膀,他一时间变得好空,男孩想着想着就开始忐忑起来。因为,这场考试对他来说太重要了,只有考入了科帝斯音乐学院,男孩心中的梦才能得到幸福的实现。

考试铃还差两分钟就要敲响了,男孩还在搔首踟蹰,突然,一双厚实的大手落在了他的肩膀上,他惊喜万分,抬头看时,才发现拍他肩膀的并不是自己的父亲,而是一位黑人考官。黑人考官告诉他:“你的父亲不能进来,就特意委托我拍一拍你的肩膀,让你什么都别想,放心演奏。”男孩听到这里,泪水夺眶而出。

黑人考官的话刚落音,开考铃声就敲响了。

这场考试男孩进行得十分顺利,甚至还超常发挥,最终,他如愿以偿地考入了世界音乐家的摇篮——美国科帝斯音乐学院。

这个男孩就是“钢琴王子”——朗朗!那年他15岁。

收到录取通知那天,朗朗好奇地问父亲:“为什么那位黑人考官拍我肩膀的感觉和您拍我的一模一样?”朗朗的父亲回答:“因为他也是一位父亲,虽然他也听不懂汉语,但是,父爱是没有国界的,可以通用,也可以转播。”

是啊,当美好的生活被意外的山石阻隔了时空,当如梦的人生因约束而变得坎坷崎岖,当生命的条条框框钳制了我们爱的倾诉和表达,让爱变得不再是“现场版”,我们为什么不把爱的“直播”变成“转播”?我们应该庆幸,世界上所有的爱与亲情都是共通的,她可以省略掉一切的繁文缛节,从而实现人与人心灵的沟通和弥补。因为有了这种“转播”,真正的亲情之爱就永远不会被隔阂,也正是因为有了这种“转播”,才能让不管多么遥远的心,都会漂洋过海来看你!

佳句回味

◎ 父爱是没有国界的，可以通用，也可以转播。

◎ 我们应该庆幸，世界上所有的爱与亲情都是共通的，她可以省略掉一切的繁文缛节，从而实现人与人心灵的沟通和弥补。

◎ 因为有了这种“转播”，真正的亲情之爱就永远不会被隔阂，也正是因为有了这种“转播”，才能让不管多么遥远的心，都会漂洋过海来看你！

阅读心语

爱能影响孩子一生！

爱是无国界的语言，虽然朗朗的父亲不会说英语，但对孩子的爱化作的肢体语言，让黑人考官明白：在考场，需要拍一下孩子的肩膀，给孩子力量。朗朗因为这个考官的举动，受到了莫大鼓舞，终于考进如愿以偿的院校，成就了钢琴王子的梦想！

父母的爱可以影响孩子一生，这种爱也是伟大的，也可以做到“老吾老以及人之老，幼吾幼以及人之幼！”

（赵国栋）

母亲的复活节礼帽

[美]约瑟夫·蒙宁格　艾柯　译

我母亲是一个精明强干的家庭主妇，每天的基本工作就是为一家 9 口人做饭、洗衣、采购。她为我们制定了严格的纪律。如果我们 7 个孩子中，有谁胆敢踏着重重的脚步去吃晚饭，那么就会被罚上下楼梯几十次。妈妈还安排我们帮助她处理日常的家庭杂务。

妈妈相信我们几个孩子各有自己特殊的本领，这使我们每一个孩子对自己特定的任务都感到十分重要。比如，我大哥迈克有过人的视力，每次妈妈想要了解远处发生的事情时，大哥就会起到像人造望远镜一样的作用。如果哪只风筝被卡住了，二哥约翰的爬高技能总会一试身手。我呢，是我们家那辆老式汽车的向导。妈妈的身材不高，开车既要看清前面的路，又要自测车身两侧与道路边缘的距离，这对她来说太困难了。因此，只要妈妈驾车，她就会让我坐到后座上，不时地向她报告车子开过时两侧留下的空隙。遇到转弯，妈妈总是小心翼翼地让汽车缓驶过路牌标志，就像水族馆里的鲸慢慢游荡在玻璃水池中一样。

然而，有能力把全家整理得有条不紊，只是妈妈的一个方面。她丰富的想象力使她在各个方面都得心应手，并且能够胜任日常生活中的各种事情。妈妈从不相信舞台上表演的魔术。相反，水龙软管给金属桶充水的声音，小树林边寂寞开放但执著旺盛的蒲公英，却让她感到更有意义和价值。

依然记得，那时在厨房窗外，妈妈精心设计了一个小花箱，里面种着罗勒、百里香、欧芹等许多花草。每到春天，一个用筷子做篱笆、多米诺骨牌做花间小径的微型花园，就会灿然出现在妈妈手中。——当然，其中有用扇贝盛上水当做的池塘，有用高尔夫球座当做的鸟浴缸。天气转暖的时候，园中的花草就会葱葱茏茏地长起来，活像一座美丽的森林。

妈妈第一次让我感受到她的魔力大约是在我 6 岁的时候。快到复活节了。那天，妈妈一直在集中精力收拾房间，根本没注意到我戴着一顶自己制作的复活节纸帽回到家里。那时，我脑子里充满了复活节的神秘传说——白兔、藏红花，翻来覆去想的就是复活节的游行。

可是那顶纸帽却十分平常。它是用一只纸盘做成。为了体现春天明快的旋律，我特意用纸剪出鲜花、白兔和太阳，把它们全都粘在纸盘的表面。可它仍然显得那样平淡无奇，毫无生气。我绞尽脑汁，把一枝柔嫩的柳条盘扣在帽檐上，又用绿色的手工纸剪出一棵小树，用苏格兰式的荷叶边固着在帽子上。这样，只要戴帽子的人低下头或者弯下腰去系鞋带，那棵小树就会快活地上蹿下跳。

我不敢想象妈妈会对这件礼物做出什么反应。我想，它也许只能和其他许多我带回家的手工制作一样，被束之高阁。我也知道，我的哥哥姐姐们都会朝我龇牙咧嘴，愚蠢地讥笑我，然后装模作样地把它戴在头上，责问天底下怎么会有用纸盘做复活节礼帽的傻瓜。我是 7 个孩子中最小的一个，对这种事，我早就无动于衷了。

但我没有想到的是，妈妈的反应却异乎寻常。复活节那天，是个阳光灿烂的春日，路边的连翘鲜花怒放，格外引人。妈妈戴着我做的那顶帽子去做礼拜。她做这一切时，没有表现出哪怕是一丝困窘难堪，倒让人觉得是在做一件庄重而时尚的事情。

走下汽车的时候，她用别针把帽子别在头上，把松紧帽带系在颌下，然后穿过那些身着复活节盛装的男男女女，从容地地走向教堂。我知道我不该要求妈妈把这一切做到底，因此我想她不会就这样走进教堂。

我至今仍记得，那时，我凝神地看着妈妈，她走得很轻，就像是飘进了教堂。

妈妈没有看我一眼。到现在我才明白，当时她如果那样做了，无疑会破坏那种气氛和情绪。帽顶上的小树枝在春天的轻风中摇摇曳曳，帽檐上的柳枝互相缠绕，从妈妈的右耳边垂挂下来。在走进教堂的一霎间，我忽然感受到一种爱的情感，那样博大和充实，使我无法把目光从妈妈身上移开。

她戴着帽子径直走到教堂的座椅上，在礼拜开始之前才小心翼翼地摘下来，把一副更为郑重的面纱罩在头上。没有解释，但是我们都明白，在做礼拜这样庄严的仪式上，现实毕竟要起作用。然而在孩子的小小童心中，那顶纸做的帽子比起所有坐在我们周围的妇女所戴的帽子都更为高贵、庄重。

我早已不记得礼拜仪式之后，妈妈把那顶帽子怎么样了。但我宁愿相信，帽上垂下来的那一挂绿柳就长在妈妈的小花园中，蓊蓊郁郁。

佳句回味

◎ 在孩子的小小童心中，那顶纸做的帽子比起所有坐在我们周围的妇女所戴的帽子都更为高贵、庄重。

◎ 我宁愿相信，帽上垂下来的那一挂绿柳就长在妈妈的小花园中，蓊蓊郁郁。

阅读心语

从这篇小文中，我们看到了一个神圣的词语，那就是“尊重”，即使是对一个孩子。

孩子把用纸做的帽子送给妈妈作为礼物，这是孩子用自己最大的努力在表达对妈妈的爱，妈妈没有嫌弃它的简陋，也没有敷衍孩子的孝心，她戴着这纸做的帽子走进教堂，这是对孩子的最大尊重，也是对爱的尊重。

很多年后，妈妈戴着帽子轻轻走进教堂的样子还会在孩子的心中回味，让孩子充满感激和自信。

（刘燕）

快乐的心灵常开花

法国一位事业成功的女性，对自己的朋友说到她成功的秘密，她说得很好："只有一个原因，我喜欢用这样一个词：'我祝愿。'我祝愿我周围的人们都幸福。"

当她走过街道的时候，
仅仅是一句愉快的"早上好！"
就用早晨的光辉，
给你铺满了一天生活的道路。

胸有美德气自华

佚　名

成长的过程是一个吸纳他人、展示自我的过程。它是漫长而短暂的，人生没有休止符，我们要时刻往前走，奔往人生的一座座驿站。

在此过程中我们不妨走一走，看一看，看志向是否高远，看人生是否淡中有奇，看自我人格是否完美，看自己是否德馨气华。高尔基说过："一个人追求的目标越高，他的才力就发展越快，对社会就越有益。"

谁人没有理想，谁不向往成功？而立志是成功的起点，有了伟大的理想并坚持不懈地努力，经过紧十八慢十八、不紧不慢又十八的攀登，一定能到达成功的泰山之巅。高尔基生活在离弃家庭，在监狱中、在老板的皮鞭下读书写作，终于成为伟大的无产阶级作家，写出了《母亲》、《童年》、《在人间》、《我的大学》等巨著。

读着高尔基的故事，我不由得立下当作家的愿望，刻苦读书，努力写作……至于学习的压力，成长的苦恼，他人的讽刺又算得了什么？杨乐在数学课本上写下"中国科学院"的理想；圣西门开门第一句话就是"起来，伟大的事业在等着你"；达尔文九岁时就要周游世界；朱德立下决心"从头革命"，终于加入中国共产党……爱迪生有过一千多项发明，其成功的秘诀是什么？"无论何时，不管怎样，我也绝不允许自己有一点点灰心丧气"。乐观是对自身能力的自信，是精神愉快的体现。

纵观古今成才者，谁不是正视现实，采取对策进而走出困境的呢？范仲淹自幼孤贫，勤奋苦读，年轻时就才高志远，当以天下为己任。他说：一个人如果不能读书，立大志，即使能吃饱喝足，生活舒服又有多大意义？如果贪图好吃的，将来怎么能再吃苦呢？人生可以把功名利禄看淡一点，把苦难弱化一点，像"不戚戚于贫贱，不汲汲于富贵"的陶渊明，"非淡泊无以明志，非宁静无以致远"的诸葛亮。要学会放弃，树立正确的苦乐观，达到明朝文人洪应明所说的"去留无意，笑望长空云卷云舒；宠辱不惊，闲看庭前花开花落"的境界。我们的心境离尘嚣远一点，离自然近一点，你会怡然自乐，投身于学习工作中，成功也会敲开你的大门。

试想，名人不都是怀着如此的心态走向成功的吗？在人类历史上，大凡成就事业者，几乎都是靠朋友、同志、集体的合力取得人生事业成功的。纪晓岚主持编著《四库全书》是这样，包拯办案是这样，两弹元勋邓稼先也是如此，争取更多人的支持，是你取得成功的力量。

完善自我吧！做到廉颇负荆请罪的诚，祁黄羊“外举不避仇，内举不避亲”的公，比尔·盖茨“只需要一个电话便能更换任何一个部件”的信。努力适应社会大众吧，在社会大熔炉里像雷锋那样，哪里需要你，你就奔向哪里。

不断去完善自我吧，用人类的各种美德，陪你走过漫漫人生路，寻找到属于自己的辉煌。

佳句回味

◎ 立志是成功的起点，有了伟大的理想并坚持不懈地努力，经过紧十八慢十八、不紧不慢又十八的攀登，一定能到达成功的泰山之巅。

◎ 不断去完善自我吧，用人类的各种美德，陪你走过漫漫人生路，寻找到属于自己的辉煌。

阅读心语

人生是一本厚重的书，其中写满了理想与现实的矛盾，我们总要经过丰富的历练才能懂得如何去克服这些矛盾。

看过那么多人生的美景，我们终于明白，远大的理想需要坚定的意志力，需要乐观豁达的心态，需要建立良好的人际关系，在这些品德与能力的综合作用下，理想才能接近现实，现实才能成就理想。

（刘燕）

牡丹的拒绝

张抗抗

它被世人所期待、所仰慕、所赞誉，是由于它的美。

它美得秀韵多姿，美得雍容华贵，美得绚丽娇艳，美得惊世骇俗。它的美是早已被世人所确定、所公认了的。它的美不惧怕争议和挑战。

有多少人没有欣赏过牡丹呢?

却偏偏要坐上汽车火车飞机轮船,千里万里跋山涉水,天南海北不约而同,揣着焦渴与翘盼的心,滔滔黄河般地拥进洛阳城。

欧阳修曾有诗云:"洛阳地脉花最重,牡丹尤为天下奇。"

传说中的牡丹,是被武则天一怒之下逐出京城,贬去洛阳的。却不料洛阳的水土最适合牡丹的生长。于是洛阳人种牡丹蔚然成风,渐盛于唐,极盛于宋。每年阳历四月中旬春色融融的日子,街巷园林千株万株牡丹竞放,花团锦簇香云缭绕——好一座五彩缤纷的牡丹城。

所以看牡丹是一定要到洛阳去看的。没有看过洛阳的牡丹就不算看过牡丹。况且洛阳还有那么点来历,它因被贬而增值而名声大噪,是否因此勾起人的好奇也未可知。

这一年已是洛阳的第九届牡丹花会。这一年的春却来得迟迟。

连日浓云阴雨,四月的洛阳城冷风嗖嗖。

街上挤满了从很远很远的地方赶来的看花人。看花人踩着年年应准的花期。明明是梧桐发叶,柳枝滴翠,桃花梨花姹紫嫣红,海棠更已落英缤纷——可洛阳人说春尚不曾到来。看花人说,牡丹城好安静。

一个又冷又静的洛阳,让你觉得有什么地方不对劲。你悄悄闭上眼睛不忍寻觅。你深呼吸掩藏好了最后的侥幸,姗姗步入王城公园。你相信牡丹生性喜欢热闹,你知道牡丹不像幽兰习惯寂寞,你甚至怀着自私的企图,愿牡丹接受这提前的参拜和瞻仰。

然而,枝繁叶茂的满园绿色,却仅有零零落落的几处浅红、几点粉白。一丛丛半人高的牡丹植株之上,昂然挺起千头万头硕大饱满的牡丹花苞,个个形同仙桃,却是朱唇紧闭,洁齿轻咬,薄薄的花瓣层层相裹,透出一副傲慢的冷色,绝无开花的意思。偌大的一个大牡丹王国,竟然是一片黯淡萧瑟的灰绿……

一丝苍白的阳光伸出手竭力抚弄着它,它却木然呆立,无动于衷。

惊愕伴随着失望和疑虑——你不知道牡丹为什么要拒绝,拒绝本该属于它的荣誉和赞颂?

于是看花人说这个洛阳牡丹真是徒有虚名;于是洛阳人摇头说其实洛阳牡丹从未如今年这样失约,这个春实在太冷,寒流接着寒流怎么能怪牡丹?当年武则天皇帝令百花连夜速发以待她明朝游玩上苑,百花慑于皇威纷纷开放,唯独牡丹不从,宁可发配洛阳。如今怎么就能让牡丹轻易改了性子?

于是你面对绿色的牡丹园，只能竭尽你想象的空间。想象它在阳光与温暖中火热的激情；想象它在春晖里的辉煌和灿烂——牡丹开花时犹如解冻的大江，一夜间千朵万朵纵情怒放，排山倒海惊天动地。那般恣意那般宏伟，那般壮丽那般浩荡。它积蓄了整整一年的精气，都在这短短几天中轰轰烈烈地迸发出来。它不开则已，一开则倾其所有挥洒净尽，终要开得一个倾国倾城，国色天香。

你也许在梦中曾亲吻过那些赤橙黄绿青蓝紫的花瓣，而此刻你须在想象中创造姚黄魏紫豆绿墨撒金白雪塔铜雀春锦帐芙蓉烟绒紫首案红火炼金丹……想象花开时节洛阳城上空被牡丹映照的五彩祥云；想象微风夜露中颤动的牡丹花香；想象被花气濡染的树和房屋；想象洛阳城延续了一千多年的“花开花落二十日，满城人人皆若狂”之盛况；想象给予你失望的纪念，给予你来年的安慰与希望。牡丹为自己营造了神秘与完美——恰恰在没有牡丹的日子里，你探访了窥视了牡丹的个性。

其实你在很久以前并不喜欢牡丹。因为它总被人作为富贵膜拜。后来你目睹了一次牡丹的落花，你相信所有的人都会为之感动：一阵清风徐来，娇艳鲜嫩的盛期牡丹忽然整朵整朵地坠落，铺散一地绚丽的花瓣。那花瓣落地时依然鲜艳夺目，如同一只被奉上祭坛的大鸟脱落的羽毛，低吟着壮烈的悲歌离去。牡丹没有花谢花败之时，要么烁于枝头，要么归于泥土，它跨越萎顿和衰老，由青春而死亡，由美丽而消遁。它虽美却不吝惜生命，即使告别也要留给人最后一次惊心动魄的体味。

所以在这阴冷的四月里，奇迹不会发生。任凭游人扫兴和诅咒，牡丹依然安之若素。它不苟且不俯就不妥协不媚俗，它遵循自己的花期自己的规律，它有权利为自己选择每年一度的盛大节日。它为什么不拒绝寒冷?!

天南海北的看花人，依然络绎不绝地拥入洛阳城。人们不会因牡丹的拒绝而拒绝它的美。如果它再被贬谪十次，也许它就会繁衍出十个洛阳牡丹城。

于是你在无言的遗憾中感悟到，富贵与高贵只是一字之差。同人一样，花儿也是有灵性、有品位之高低的。品位这东西为气为魂为筋骨为神韵只可意会。你叹服牡丹卓尔不群之姿，方知“品位”是多么容易被世人忽略或漠视的美。

佳句回味

◎ 同人一样，花儿也是有灵性、有品位之高低的。

◎ 品位这东西为气为魂为筋骨为神韵只可意会。

阅读心语

一直都以为牡丹是因其雍容华贵而贵为国花，殊不知牡丹的艳丽背后，原来有如此傲骨。有人觉得梅花的气质更适合中国人，但是他们只偏执于梅花的傲骨，却忘记了在苦寒之后更需要的是绽放。

人活在世上总得留下些痕迹，哪怕只是像流星那样转瞬即逝，至少也燃烧过，绚烂过。人的一辈子就短短几十年，你是愿意成日庸庸碌碌为生活琐事所累呢？还是给自己的梦想插上一双翅膀，在不懈的努力之后，奋力展翅，一飞冲天呢？

（田丽娟）

施与的意义

林焯桦

我所居住的阿尔伯克基是美国新墨西哥州的中部城市，是有名的疗养地。这里常常有无家可归的人在游荡。以前我出于同情常常会大方地把钱施与他们。然而随着时间的推移，我渐渐发现资助一个无家可归的人，在多数情况下有一种被欺骗的感觉。后来，我成了一个单身母亲，没有温暖的家，大举外债，甚至几乎没有任何收入。因此，我更自然地不会再把钱施与那些在马路边流离的人了。

逆境渐渐有了好转。经过不懈的努力，我为女儿营造了一个温馨的小家，房子还带有她喜欢的后花园，我们开始过丰衣足食的日子，并且还清债务度过了难关。有一天，我们在路边看见一个无家可归的人举着一块牌子写着“愿意为了食物而工作”，我对此无动于衷，视而不见。女儿迷惑地对我说：“妈妈，以前你不是常说会帮助那些有需要的人吗？”我平静地回答女儿：“我的宝贝女儿，那些人得到钱后只会拿去买醉或者做其他坏事。”女儿沉默了。其实我回答她的那番话时也觉得不太对劲。

三天后，在我开车去接女儿放学的路上，看见一个年轻人孤零零地站在街边，看起来很无助的样子，我的心似乎被某种东西强烈触动了。有一个声音在心底响起“帮帮这个人吧”。于是我摇下车窗向他的方向望去，年轻人似乎发现了救命稻草般飞奔过来，喘着气对我说："上帝会保佑您的！我只需要 77 美分。"我手伸进烟灰缸里，惊讶地发现里面正好有 77 美分！我立刻抓起并给了他。年轻人的脸上露出了高兴的神情，眼里充满了泪花，他激动地说："太好了！这样我就能赶在圣诞节回到家陪我妈妈了，真的非常感谢您，最后一趟回去的汽车还有 20 分钟就开了。"年轻人的一番话让我惊呆了，我想，我永远也不会忘记这一刻，我相信他也和我一样。

于我而言，我得到了一生中最珍贵的礼物，因为我真正懂得了施与的意义。是的，没有什么是偶然的，冥冥之中，一切都有意义！

佳句回味

◎ 于我而言，我得到了一生中最珍贵的礼物，因为我真正懂得了施与的意义。

阅读心语

"施"的时候并非要想着有"得"才有意义，"施"本身的这个过程就是最大的意义。它会教会你何谓"施比受幸福"，何谓"施恩甚勿念，受施甚勿忘"。给他们机会"爱"，也是给自己"爱"的机会。

（刘炯）

疤痕

黄胜利

整形医生的手揉着我脸上扭曲的疤痕。医生的年纪大概比我大十几岁，长得十分英俊，他的阳刚之气与激烈的注视似乎太有力了。

他低声说："嗯！你是模特儿吗？"

他是在开玩笑吗？我这样自问，并审视他英俊的脸，看看他是否强忍着笑意。绝对没有人会把我误认成时装模特儿。我很丑，我母亲通常会说我姐姐是一个漂亮的孩子。毕竟，我有一个疤痕来证明这些论点。

小学四年级的时候我遇到了一场意外——邻居的小男孩抓起一把水泥向我的脸上扔过来。急诊室的医生将我破碎的皮肤缝合，用羊肠线穿过我的脸皮外部，然后再缝合我嘴里碎裂的肉。以后的一年里，我必须用大片绷带——从面颊骨到下巴——将发炎的伤口贴住。

意外发生数周后，我又患上近视。现在我难看的绷带上加了一副又大又厚的眼镜。我蓬乱的卷发让我的头看起来像是发霉的黑面包。母亲为了省钱，带我去美容学校，让那儿的学生帮我剪头发。那个帮我剪发的学生热心过度，一把将我的头发剪掉，一时间只看到一团团的头发堆在地上，老师走过来的时候，我的头发已无法挽救了。经过一番讨价还价，我们拿到一张免费剪发的代用券，留待下回消费时使用。

那晚我的父亲叹气说："算了！对我来说，你永远都是漂亮的，"他顿了一下然后又说，"即使对世界上其他人来说，你并不漂亮。"

是啊！真是多谢了！好像我没听见同学对我的嘲弄；好像我不知道自己跟学校老师疼爱的小女孩不一样；好像我不会偶尔瞥见自己映在浴室的镜子里的脸。在一个重视美丽外表的社会里，丑女孩根本没人要。我的外表为我带来了无尽的痛苦。每次家人收看儿童选美比赛或才艺比赛的节目时，我都会躲在自己的房里哭泣。

最后我决定，虽然不能让自己变漂亮，但至少要永远让自己保持整洁的外表。经过多年的努力，我学会整理自己的头发、戴隐形眼镜、使用化妆品。我观察别的妇女如何适当地装扮自己，学习穿着最能凸显自己优点的衣服。现在我已经订婚了。我脸上的疤痕虽然随着时间的变化而缩小、淡化，却依然成为我与自己新生活之间的障碍。

"我当然不是模特儿。"我略带愤怒地说。

整形医生双手抱胸，看着我说："那你为什么还要去管脸上的疤？如果没有什么专业上的理由非将疤痕去掉不可的话，你今天来这儿干什么？"

突然间，在他身上我看到了所有我认识的男性。那八个受我邀请去参加舞会却拒绝我的男孩、我上大学时偶尔约会的男孩、那群长久以来忽略我的男性、我的未婚夫。我将手举到脸旁，我脸上的疤痕证明我很丑。我的眼眶盈满泪水，视线变得模糊。

医生拖了一把凳子在我身边坐下。他的膝盖几乎碰到我的，他的声音缓慢低沉。

医生轻声地说："让我来告诉你我看到的是什么，我看到一个漂亮的女人，虽不是个完美的女人，但却很美丽。萝伦·贺顿的两颗门牙中间有一条缝，伊丽莎白·泰勒的额头上有一个小疤，”他停了一下，拿了一面镜子给我，“我常想：出色的女人都有不完美的地方，但我相信她们的不完美之处只会更突出她们的美，因为，由此我们确定她们也是人。”

医生将凳子向后推，然后站了起来：“我不会动你的疤，别让任何人用你的脸来愚弄你。你用自己的方式散发魅力，真正的美来自一个女人的内心。相信我，我的专业知识让我知道这点。”然后他就走了。

我看着镜子里的脸，医生是对的，多年以来，那个丑孩子已经变成了一个美丽的女人。从整形医院走出来那一天起，我就成了一个职业演讲者。以面对成百上千人演说为生的我，常常听到很多人（男女都有）赞美我，说我很美丽。而我对此知之甚详。

当我改变审视自己的角度时，别人也被迫改变看待我的角度。虽然整形医生没有移除我脸上的疤痕，但他却移去了我心里的疤痕。

佳句回味

◎ 当我改变审视自己的角度时，别人也被迫改变看待我的角度。

阅读心语

医生这么语重心长，故事那么简单明了，它告诉我们一个再简单不过的道理：美的不一定是真的，但真的就是美的。我想告诉你们怎么样去辨别珍品假货的小方法，如果在你面前放的是一件完美无缺的产品，一件是略有瑕疵的，你一定要选择有瑕疵的那个，相信我，在这个世界上，只有次品才完美得找不到一丝缺点。

萝伦·贺顿的两颗门牙中间有一条缝，伊丽莎白·泰勒的额头上有一个小疤，白璧尚有微瑕，何况你我？

（郑振茹）

通过一个小孩的眼睛

张海红

有一个老人，日复一日地坐在他的摇椅上。

他就坐定在他的椅子上，并发誓不再离开这张椅子，直到他亲眼看见上帝。

在一个美好的春日下午，老人在椅子上摇啊摇，而且无表情地沉浸在上帝即将来访的想象中。他看到一个小女孩在对街玩耍。小女孩的球飞进老人的院子里，她跑过去捡起来，当她弯下腰取球时看着老人，并说："老先生，我看您每天在椅子上摇啊摇，又注视着空无一物的地方，你在找什么？""喔，亲爱的小朋友，你太小了，没办法明白的。"老人回答。"也许，"小女孩回答，"但是我妈妈总是告诉我说，如果心里有想法，应该说出来。她说是为了得到更好的了解。妈妈总是说，把你的想法分担给别人，分担，分担，分担，我妈妈总是这么说。""噢！虽然如此，小朋友，我不认为你帮得上忙。"老先生就把原因告诉了这位小女孩。小女孩困惑地问："老先生，你用了一切的注意力，每天坐在椅子上前后晃动，就为了找上帝？""为什么？因为我想在临死前确定有上帝的存在。我需要一个迹象，但我仍未看到。"老人说。

"一个迹象？老先生，一个迹象？"小女孩说，她被老人的话弄糊涂了，"老先生，上帝给你一个迹象在于可以哭，可以笑，可以感觉到眼泪从眼中滚落下来。上帝的迹象在风中、彩虹中、四季变换中。所有的迹象都在，但是你不相信它们，老先生，上帝就在你身上，也在我身上，不必找了。"

小女孩一只手掐在腰上，另一只手在空中继续挥舞着说："妈妈说，如果你想寻找一些不同的东西，你必须闭上眼睛。"

小女孩走向老人，并把她年轻、稚气的双手贴在他的心上，轻轻的对着他的耳朵说："老先生，它来自这里面，不是外面。"并指着天空说："在你的心中找到它，在你自己的心中。然后，老先生，你将会看到上帝的迹象。"

小女孩走向对街，向老人微笑。然后当她弯下腰去闻花朵时，她大声叫着："妈妈总是说，如果你在找某些不朽的东西，你要闭上眼睛。"

佳句回味

◎ 上帝给你一个迹象在于可以哭，可以笑，可以感觉到眼泪从眼中滚落下来。上帝的迹象在风中、彩虹中、四季变换中。所有的迹象都在，但是你不相信它们，老先生，上帝就在你身上，也在我身上，不必找了。

◎ 如果你在找某些不朽的东西，你要闭上眼睛。

阅读心语

你总是在寻找吗？你找到了吗？那些生命的意义、上帝的号角、天使的翅膀，诸如此类的那些你找到了吗？如果你看完这篇文章，就不必再找了吧。收起双手，你只有拳头里所有的，摊开双手，你会拥有全世界。睁开双眼，你所能看到的只是你视力所能目睹的，闭上双眼，你能感受到那些连你睁开眼睛都没法预料的东西。

他们一直在那里，始终都在，只要你相信，这并不难。佛说，在你看不见的地方，会有神迹出现。我信，所以我看见了，你信吗？

（魏晓静）

举止和教养

佚 名

"你不想有我的力量吗？"飓风问和风，"你看，当我起驾的时候，他们在整个海岸都挂上台风信号来向我致敬。我折断一条船的桅杆就像你托起一根鹅毛那样的容易。我的翅膀这么一扫，海边就到处都是被粉碎了的船板。我能够，而且常常举起大西洋。病弱者最怕我，怕之入骨。所有的国家都在我的呼吸下缩畏着。难道你不想有我的威力么？"

和风没有回答，只是在天空中轻轻起舞。这时，所有的河流、湖泊和海洋，所有的森林和田野，所有的走兽和飞鸟以及人类，都为它的来临而高兴。鲜花盛开，果子成熟，麦地金黄，白羊般的云彩轻轻浮动。鸟儿飞翔，风帆高举，到处是健康，到处是愉快。绿叶、鲜花、果实和收成；温暖、光明、欢乐和生活——这就是和风给那骄傲而可怜的飓风唯一的回答。

礼貌和教养是一种财富。在每一个家庭中，它们都像阳光一样受到欢迎。为什么不欢迎呢？它们到处携带着光明和欢乐。它们绝不妒忌，对每一个人都给予美好的祝福。

失去一切，但是仍然留有勇气、愉快、信心、自尊和品德的人，是真正高尚的人。这样的人依然富有。

有一天，美国第三任总统杰佛逊先生和他的孙子一起骑马外出。路上，有一个奴隶向他们脱帽鞠躬，总统也就提帽还礼。但他的孙子不理睬这黑人。"汤姆生！"这位祖父说："你怎么能够让一个奴隶都比你文明得多呢？"

好的教养往往给一个青年带来好的命运。布特勒先生是一个商人，有一回，他已经把商店锁好回家了，在路上，碰到一个小女孩要买 1 美分的线。他走回去，重新开了门，给小孩子取线。这件小事不知怎么传遍了全城，于是给他带来了无数的顾客。他的教养给他带来了财富。

"为什么我们的朋友总不成功？他有足够的资本，对他的行业有充分的了解，而且精明强干。""因为他尖酸刻薄，总是怀疑他的雇员欺骗他，对他们很不尊重，结果没有人真正卖力给他工作，顾客们都跑到别的商店去了。"

维特门是哈佛大学毕业的著名律师，当被选为州议员之后，他穿着乡下人的服装，从农庄来到了波士顿，在一家旅馆的客厅里坐下休息。这时候，他听到一群绅士淑女在议论："呵，来了一个地道的乡巴佬，我们逗逗他。"于是，他们就围了过来，向他提出各种各样的怪问题，企图嘲弄他。维特门站起来说："女士们、先生们，请允许我祝愿你们愉快和健康。在这前进的时代里，难道你们不可以变得更有教养、更聪明些吗？穿着高贵，言词如此，这是虚伪。你们仅从我的衣着看我就不免看错了人，以为我是乡巴佬。而我呢，因为同样的原因，还以为你们是绅士淑女。其实，我们都错了。"这时，有人走进来尊称维特门先生，维特门转过身来，对那伙呆若木鸡的人们说："再见了，祝你们晚安。"

法国一位事业成功的女性，对自己的朋友说到她成功的秘密，她说得很好："只有一个原因，我喜欢用这样一个词：'我祝愿。'我祝愿我周围的人们都幸福。"

当她走过街道的时候，

仅仅是一句愉快的"早上好！"

就用早晨的光辉，

给你铺满了一天生活的道路。

佳句回味

◎ 礼貌和教养是一种财富。在每一个家庭中，它们都像阳光一样受到欢迎。

◎ 失去一切，但是仍然留有勇气、愉快、信心、自尊和品德的人，是真正高尚的人。这样的人依然富有。

阅读心语

从小我们的父母和老师就教导我们待人要礼貌，为人要谦虚，做人要厚道。有很多人精明能干，有很多人技艺非凡，唯有尖酸刻薄令自己焦躁不安，患得患失。

其实，不管自己有多少本领，不管他人怎么看你，只要怀着一颗感恩的心对待身边的人和事，你就能同样赢得别人对你的感恩和尊重。

（樊吉伟）

甘心做个螺丝钉

刘墉

美国东岸一个闻名世界的交响乐团，征大提琴手一名。

这是音乐界人人羡慕的工作，不但地位高、薪水高、能环游世界，而且是终身职，也可以说只要进去，就一辈子不愁了。

一下子拥来500位大提琴高手应征。经过一关又一关的淘汰，一个才23岁的男生被评审一致青睐。

马上就要宣布他获选了，交响乐团的负责人为了慎重，又找出那年轻人的教授推荐函，并在看完之后交给评审们传阅。

接着宣布入选者，居然不是那年轻人，而是原先第二名的音乐家。

原因是，那年轻人大学教授的推荐函里虽然对他的琴艺推崇备至，却在结尾时说："唯一可惜的是他常在练习时迟到，而且穿着邋遢。"

我说这个真实的故事给你听，是因为听说你为了在交响乐团里的席位不够好，打算退出。

那个交响乐团是每年由各学校推荐好手组成，再经过面试，来决定席位的。由于全团有 160 多人，每个人只有 30 秒，也就用这半分钟的印象，由评审老师决定坐在前面还是后面。

你是满怀信心去的，心想自己才经过草山夏令营的魔鬼训练，又是学校里的第一把交椅，一定能轻易脱颖而出。

只是，令你大感意外，结果出来，你非但没能坐在最前面，而且被排到了中间。

昨天晚上，你一进门就哭，说评审不公平，他们显然跟 些学生很熟，把那些人都排在前面。

"他们有种族歧视。"你一边说一边哭，说比你差得多的白人同学都坐到了前面，害你丢足了脸，接着一顿脚，说你今天不去了。

我当时没有多讲，只是淡淡地问，那么会不会有其他同学也觉得不公平呢？

"当然！"你说，"好多人都不满意自己的席位，除了坐到前面的几个人"。

孩子！这就对了！你要知道到那里去的都是学校里的佼佼者，大家都认为自己应该坐到最前面。得到第十名的，想自己应该坐到前五名，甚至得到第二名的，都认为第一名比他差，更不用说三十几名的人了。那里面一定也有许多从小被认为的天才，从来都拔尖的高手。如果全国除了坐在首席的几个人，每个都认为评审不公平，都像你一样生气，第二天不去了，这乐团不是只剩下几个人了吗？

首先你要想想，你为什么去参加，你参加就表示要接受评选。如果评选的成绩不好，便退出，不是好像下棋时一输就翻棋盘的人吗？

你可以起初就不参加，既然参加了，就应该尊重那个团体，接受评选的结果，而且有始有终地把任务完成。

孩子！什么叫成长，什么叫成熟？

成长与成熟是一步步由父母身边走向外面广大的世界，是由家里的小公主、学校的小才女，走入社会，融合在当中，成为社会大机器中的一个螺丝钉或齿轮。

想想，如果你赌气从乐团离开，你提着琴，一个人走出音乐厅，那厅里的交响乐团是不是仍在继续练习，当你听到背后传来的乐声时，那真正孤独的人是"他们"，还是"你"？

今天早上，你出门时，我说"去不去，由你自己决定。如果决定不去，放学就回家。”

所以，下午三点，我一直听着门，听会不会传来你的脚步声。时间一分钟一分钟过去，门外都安安静静，我的心，则由紧张变为兴奋。

孩子！恭喜你，你成功了！你战胜了狭隘的自己，有了宽阔的胸襟。

佳句回味

◎ 成长与成熟是一步步由父母身边走向外面广大的世界，是由家里的小公主、学校的小才女，走入社会，融合在当中，成为社会大机器中的一个螺丝钉或齿轮。

阅读心语

在我们生活的这个世界中，大多数人都会觉得面临各种各样的不平等，会产生“为什么我要呆在一个不好的位置上”的想法。那么，“好”与“不好”的标准是什么？

对于整个社会而言，没有“好”与“不好”，只有“需要”与“不需要”，从这个意义上来说，每一个位置都是“螺丝钉”的位置，也正是因为有了无数颗“螺丝钉”，个体与整体之间才会更融洽、完整与美好，也正因为如此，半个世纪前，一位具有“螺丝钉”精神的人才成了全国学习的榜样，他——就是雷锋。

不要忘记雷锋，不要忘记“螺丝钉”精神。

（安春巧）

不再羡慕……

艾 菲

从山沟沟里跨进大学，那年我才16岁，浑身上下飞扬着土气。没有学过英语，不知道安娜·卡列尼娜是谁；不会说普通话，不敢在公开场合讲一句话；不懂得烫发能增加女性的妩媚；第一次看到班上的男同学搂着女生跳舞，吓得心跳脸红……上铺的丽娜从省城来，一口流利的普通话，一口发音吐字皆佳的英语。她见多识广，安娜·卡列尼娜当然不在话下，还知道约翰·克里斯朵夫。她用白手绢将柔软的长发往脑后一束，用发钳把刘海卷弯，她只要一在公开场合出现，男同学就前呼后拥地争献殷勤。

那时，我对自己遗憾得要命，对丽娜羡慕得要死。

有一次，丽娜不厌其烦地描述她8岁那年如何勇敢地从城西换一趟车走到城东，我忽然想到，我8岁的时候独自翻过几座大山，把我养的一头老黄牛从深山里找回来，从此我不再羡慕丽娜。

上大学三年级的时候，女同学好像什么事都羡慕男生，"下辈子再也不做女人"这句话挂在口头。例假来了羡慕男同学，学习成绩差了、知识面窄了羡慕男同学，软弱时哭了就骂自己是个女人没出息，连失恋也怪自己是个女人，甚至连男人可以在夏天穿短裤挂背心理短发都羡慕得要死。有一次，一个男同学跟我推心置腹地谈了一个晚上，我知道了男人的好成绩也免不了要死记硬背，男人的知识面也不一定宽；知道了男人也哭；知道了男人常常追求却又常常追求不到；知道了男人也羡慕女人可以穿裙子，知道了男人觉得自己活得累，男人也说"下辈子不再做男人"……于是我不再为自己是个女人而遗憾。

后来我信心十足地跑图书馆，学普通话，注意自己的举止，到大学毕业的时候，丽娜和男生会的我也会了，他们知道的我也知道，我还知道了他们不知道的许许多多东西。

30岁后，脸上的红晕忽然不顾多年交情悄然褪去，皱纹爬上了眼角和额头，生活的一切也慢慢定型，我轻轻地感叹"这辈子就差不多了"，便无端地向往起18岁的年龄，一张没有一丝皱纹的嫩脸，一颗充满幻想和憧憬的心。我为30岁而悲哀。但静心一想，18岁那时我不敢同男同学说几句话，可30岁的我能很快地同男同事合作了……我忽然忆起18岁时可不曾羡慕过30岁女人的成熟，不曾为光滑的脸上没有岁月的风霜而对镜伤神，不曾为空空的心房而烦躁不安，不曾为在30岁看来是芝麻小的事而迷迷惘惘，痛心疾首。于是我不再为30岁的皱纹而遗憾。

按生活的眼光看来，皇帝自然比庶民幸福，皇帝可以随心所欲，皇帝吃山珍海味，皇帝金银满库，皇帝到处游玩，皇帝可随便杀人，甚至皇帝还可以找许多漂亮的少女，而庶民却时时要担心自己是否会被贪官污吏所害，为无衣过冬而愁，为食不果腹而泣。庶民甚至连一个老婆都找不到。但有时想想，皇帝不能随便在田埂上乱跑，皇帝不能在常人面前忽而愁，忽而泣，皇帝终年要穿那色彩刺人、绣有张牙舞爪的龙袍。况且皇帝也要遭杀、遭禁，要为保住皇位而费尽心机，庶民入皇宫心惊肉跳，还可以夺门而逃，可是皇帝如果呆腻了，则是想逃也逃不了的。

于是我不再羡慕皇帝,不再为自己是一个平民而遗憾。

随着岁月的流逝,心境越来越宁静,走路也踏实了,我越来越不会羡慕别人,也越来越多了一份生活的自信和勇气,日子过得似乎也舒坦多了。

佳句回味

◎ 我越来越不会羡慕别人,也越来越多了一份生活的自信和勇气,日子过得似乎也舒坦多了。

阅读心语

人生的每个阶段都有许多的不如意。青春时懵懂莽撞虚度时光,中年时感叹青春不再事业无成,年老时悲伤时日无多一生遗憾,天灾人祸挫折打击更是接连不断。于是总是羡慕旁人,哀叹自己的不幸。殊不知,旁人亦有他自己的不幸,只是每个人都放大了自己的悲哀和别人的幸福。

慢慢成长,等到有一天,"羡慕"已经不会再时时袭击,心中变得自在坦然,那时候,生活也就会变得越来越舒坦了吧。

(曹立巍)

心灵箴言:最后的话

刘燕敏

内德·兰塞姆是纽约州最著名的牧师,无论在富人区还是贫民窟都享有极高的威望。他一生一万多次亲临临终者的床前,聆听临终者的忏悔。他的献身精神不知感化过多少人。

1967 年,84 岁的兰塞姆由于年龄的关系,已无法走近需要他的人。他躺在教堂的一间阁楼里,打算写一本书,把自己对生命、对生活、对死亡的认识告诉世人。他多次动笔，几易其稿，都感觉到没有说出他心中要表达的东西。

一天，一位老妇人来敲他的门，说自己的丈夫快要不行了，临终前很想见见他。兰塞姆不愿让这位远道而来的妇人失望，在别人的搀扶下，他去了。

临终者是位布店老板，已72岁，年轻时曾和著名音乐指挥家卡拉扬一起学吹小号。他说他非常喜欢音乐，当时他的成绩远在卡拉扬之上，老师也非常看好他的前程，可惜20岁时，他迷上了赛马，结果把音乐荒废了，要不然他可能是一个相当不错的音乐家。现在生命快要结束了，一生庸碌，他感到非常遗憾。他告诉兰塞姆，到另一个世界里，他决不会再做这样的傻事，他请求上帝宽恕他，再给他一次学习音乐的机会。兰塞姆很体谅他的心情，尽力安抚他，答应回去后为他祈祷，并告诉他，这次忏悔，使自己也很受启发。

兰塞姆回到教堂，拿出他的60多本日记，决定把一些人的临终忏悔编成一本书，他认为无论他如何论述生死，都不如这些话能给人们以启迪。他给书起了名字，叫《最后的话》，书的内容也从日记中圈出。可是在芝加哥麦金利影印公司承印该书时，芝加哥大地震发生了，兰塞姆的63本日记毁于火灾。1972年《基督教真理箴言报》非常痛惜地报道了这件事，把它称为基督教世界的“芝加哥大地震”。兰塞姆也深感痛心，他知道凭他的余年是不可能回忆出这些东西的。因为那一年他已是90高龄的老人了。

兰塞姆于1975年去世，临终前，他对身边的人说，基督画像的后面有一只牛皮信封，那里有他留给世人“最后的话”。兰塞姆去世后，葬在新圣保罗大教堂，他的墓碑上工工整整刻着他的手迹：假如时光可以倒流，世上将有一半的人会成为伟人……

佳句回味

◎ 假如时光可以倒流，世上将有一半的人会成为伟人。

阅读心语

故事中的布店老板在他临死前忏悔自己在有生之年荒废了学习音乐的时光，而一生都碌碌无为，希望上帝宽恕自己，再给他一次学习音乐的机会。内德·兰塞姆是一位牧师，当他听了这位布店老板的忏悔后深受启发，并将自己的日记编成一本书籍《最后的话》。内德·兰塞姆留给后人的是，在我们中间有很多人像布店老板那样，错失使我们失去成功的机会而变得一生无为，直到临死才觉悟。

所以，在你的精力还在、青春还在时，不要虚度太多时光，当回首往事的时候，不要对自己说后悔。

（张安全）

精于一件事，读懂一本书

郭碧良

到青少年中去测问：你心中最为向往也最为恐惧的是什么？

回答得最多的是：我将来干什么？

做人难，首难在安身立命。这么大的世界，这么小的个人；大千世界人太多，这么多的人与人既互相联系又互相排挤。时空莫逆，来路莫测。人生在世，要吃要喝要穿要住要建功立业要养家……千难万难，第一难确实就是如何给自己在这个拥挤的世界上找到属于自己的一席之地。难怪青少年最向往的是它，最怕的也是它——我将来干什么？若将这题目20年前拿来问我，我的回答也一样：我将来干什么？

20年过去，向往已成明日黄花，恐惧也灰飞烟灭。20年的生命代价教给我一点诀窍，我愿将它诚告现在的青少年朋友，即：读懂一本书，精于一件事。

18岁或许早一些，你差不多已经高中毕业，在人类高容量的知识库里，你算扫了盲。这个时候，如果你上了大学，很好；没上成，也没关系，因为你已经具备了从各类书架上去挑选适合你胃口的某类带专业性的书籍来阅读的能力，也具备了寻师问友的能耐，花上三四年时间，只要真下工夫，你完全可以把某类专业修学完毕。这时候，你的脚下已经有了一片坚实的土地。就在你自行修学的同时，你可能已经随机而定地找到了一件谋生的事做。只是你也许不满意，你心中的“将来”不是现在这个样子。你当然可以对你的现状不满意，完全可以，也应该，因为你还年轻。但你千万别太着急，也不要怨天尤人。

你记住你已有一块坚实的土地，因此，你一边随遇而安一边在你拥有的土地上“打井”——你将你已有的知识整理一下，选定其中一本最有代表性的最好的书来学。

这回你不是记忆性地学了，是钻研！当你把它完全给“看透”了，你一定会豁然开朗，智慧跃升到一个崭新的高度，你甚至可以找出这本书的谬误与纰漏。这时，你在某个学问领域，还具备了讨论、探索、发挥、创造的能力。你可以干点什么了！不必把专家学者看得太神秘，他们就是这么走过来的。有的青年会说，我不爱读书，不想做学问，不想做任何一个领域的哪个“家”，那我该怎么办？怎么办？去学做一件事。修汽车、煎大饼、画画、养花……可做的事太多了。你选一样你喜爱又有相应条件的事一心一意去做了，哪怕诸如刻印章之类的“雕虫小技”，你学会了，做精了，世界的某个位置就属于你了。

年轻人，在二十五六岁时如果还没拥有相对稳定的职业，会急的。所以，务必在你刚刚成为公民的那个年龄就得着眼于未来。不要荒废时光，勿贪眼前之乐，年少时尽量多学点文化，打开眼界，拓宽思路，培训智慧，年稍长后才有在生活的夹缝里游刃的资本。不要自卑自贱，也不要好高骛远。人活在世，懂透了一部书抑或精于一件事，就不用心慌，就是有挫折，也是暂时的。社会机制本身必然为学有所专技有所长的人提供机会。要相信这个，因为社会的运转需要这样的人。

佳句回味

◎ 选一样你喜爱又有相应条件的事一心一意去做了，哪怕诸如刻印章之类的“雕虫小技”，你学会了，做精了，世界的某个位置就属于你了。

◎ 人活在世，懂透了一部书抑或精于一件事，就不用心慌，就是有挫折，也是暂时的。

阅读心语

万千世界我们可以做很多事，浩瀚书海我们可以看很多书。假如，匆匆而过的，做事如蜻蜓点水，看书弹指而过，这样的话都不是属于我们的东西。

专心干一件事情，将它做到最好；读一本适合自己的书，将它读透了，它们就是属于你的东西并是一种用不完的财富。一个可以胜百，因为掌握一门技巧，看懂一本书，你同时拥有了物质财富也拥有了精神财富，这样的人生不是完美了么？

（宋玉发）

素质只是不用提醒

佚　名

在国外看到汉字是亲切的，宛若在异乡看到熟人。澳洲也有很多汉字，其中两处，我看了，心里却至今不舒服。

墨尔本市至菲利普岛的途中有个小动物园，园子萧条而且破败。汉字先是出现在一扇小门前，歪歪扭扭地写着：厕所。与之并列的还有英文与日文。但踏进小门，前行几步，进入女厕后，英文与日文都不见了，只剩下中文："手纸用后请扔入桶中，便后请冲水。"真是再普通不过的几个字了，小学生都认得。主人把它写好，白纸黑字，贴在墙上，不仅一处。小小的不足十平方米的女厕内竟贴了三处，都在最显眼的地方。

这是个文明程度并不高的厕所，我指的是它的内外部建设：低矮、潮湿、幽暗、简陋、微臭，与我们国内都市稍像样点的公厕都没有可比性。然而，就是它，居然还有了嫌弃谁的资格，还如此毫不客气地反复提醒前来的人"手纸用后请扔入桶中，便后请冲水"，只用中文提醒。

无独有偶，悉尼湾的轮船厕所内，也有中文，也写着类似的字。

一个很简单的逻辑：日本人和其他洋人都懂得上厕所有什么规矩，他们不需要提醒，而中国人却是需要的。我第一个反应跟自尊心有关，觉得我们被歧视与侮辱了。但是后来，导游跟我们讲了一个相关的例子：墨尔本一家宾馆大堂里立着垃圾桶，桶分两层，下面扔废物，上面一层铺着细沙，用来掐灭烟蒂。中国人现在来澳洲旅游的人很多，到处可见黄皮肤。但中国人进出宾馆，路过垃圾桶时，习惯地一"呸"，就将痰吐到那一层细沙上了，而且吐得东一处西一处，黏糊糊地挂在桶的边沿。主人于是写了字，汉字，赫然贴到墙上："请不要往里面吐痰。"

如同厕所人人都要上一样，外国人不是不吐痰，但他们吐在纸上，再把纸揉好，扔进桶的下面一层，如此而已。这样的举动并不需要多么高难度的理解力，更无需任何技巧，却被我们忽视了。导游也是中国人，来澳多年，普通话仍然说得字正腔圆。他说：真是不好意思。

还有谁不好意思呢？我看到餐馆里有同胞举杯对饮，脸红脖子粗，嗓门都开放到极点，显得比任何人都开心与兴奋——莫不是也要在一旁的墙上贴起"请勿大声喧哗”的汉字？我还看到红灯之下，仍有同胞在众目睽睽中悠悠过马路，脸上是旁若无人、理所当然的表情——难道要在路边墙上也出示“请勿闯红灯”的汉字？

国内这样的提醒比比皆是：公交车上的“请给老人、孕妇让座”，银行里的“请在黄线外等候”，马路边的“请勿随地吐痰”、“请不要随地大小便”——就在写这篇文章时，电视正直播着在株洲举行的中国与比利时乒乓球对抗赛。女广播员用清脆的声音告诉赛场内的观众：“请不要用闪光灯，请不要吸烟。”只有中国人需要提醒，且提醒也往往毫无用处，所以，的确应该感到不好意思。很显然，只有感到不好意思的人越多，无论在国内还是国外，写在墙上的那些字才会越来越少。

佳句回味

◎ 只有感到不好意思的人越多，无论在国内还是国外，写在墙上的那些字才会越来越少。

阅读心语

一种文字是一个民族的标志，文化的象征。优秀的民族它的文字也是优秀的，但是要通过它的人民去体现和传达。我们是要用我们的文字弘扬和传承我们的文化，而不是被他国贬低，更不是用来体现我们陋习的。要让本国的文化屹立于世界民族之林，就得从国民的素质做起。我们的文字是用来提升我们的文化的，不是提醒低素质。

只有人人心中有一种民族感和文化感，我们才能不让其他民族看低。

（宋玉发）

成熟和世故

刘燕敏

街头的一堆西瓜，无论它有多少，对买者而言，只有三种：生的，熟的，熟过的。我们只挑熟的买。芸芸众生，男女老幼，就其心理年龄而言，也只分三种：幼稚的，成熟的，世故的。幼稚的属于生瓜，成熟的属于熟瓜，世故的属于熟过的瓜。放下生瓜不谈（因为若在秧上，它还有成熟的可能），天下有谁喜欢熟过的西瓜？

人们都不喜欢熟过的瓜，因为它内里已变得干枯；世人也不喜欢世故的人，因为他们已“练达”得枯燥无味。哪一个世故的人拥有过一个真正的朋友？哪一个世故的人有过甜蜜的恋情？哪一个世故的人有一个幸福的家？至少在我身边，我还没有发现一个。

世故是最可怕的一种衰老。人一旦进入这种状态，无论他是年轻人还是老年人，可以说，都已进入了生命的黄昏，世故的人很少有激情，他们不会制造浪漫，因为他们根本就没有浪漫的情怀；世故的人也很少会创造，在真正的大画家、大作家、大诗人、大音乐家甚至大商人中，我从没有见过一个世故的人。

世故者只能混迹于权贵的金钱的阴影里，现在之所以有人崇尚世故，之所以越来越多的人变得世故，实在是因为权贵和金钱制造的阴影越来越大的缘故。君不见，在民主、自由、平等、法制的氛围里，想找一个世故的人，比在神农架找一个野人还要难。

世故是烂掉的成熟，是那些无力主宰自己命运的人，就近为自己选择的一个掩体，他们在内心深处有自卑情结和弱者心态，因此从其本质上讲，世故是一种幼稚的回归。

我们反对世故，不等于不提倡成熟。一个人不成熟，就等于和生瓜一样，价值要大打折扣。成熟是一种丰满圆润的状态，是一个人智慧的顶峰，是一个人阅尽人间沧桑后的一种大度、从容。它不媚俗，不盲从，对挫折处之泰然，对恭维、掌声、鲜花报以淡淡的微笑。它淡泊宁静，散发着灵魂的香味，它是生命运作到一定程度之后，所达到的一种相对稳定的理想境界。处在这种境界中的人，在家里是宽容、慈祥的父亲；在朋友那里是手足般的兄长；在社团或党派中，是悲天悯人的中流砥柱。我不否认在年轻人中间也有成熟的人，他们挑起家庭的重担，毫无怨言；他们默默地奋斗，把泪水咽进肚里，把笑脸留给父母、妻儿；他们不为虚名所动，他们脚踏实地，他们挥洒自己的汗水，开创自己的天地。

成熟是一种迷人的美，它与世故格格不入。大凡把成熟和世故同日而语的人，一定是还没有跨进成熟的行列。

佳句回味

◎ 人们都不喜欢熟过的瓜，因为它内里已变得干枯；世人也不喜欢世故的人，因为他们已“练达”得枯燥无味。

◎ 成熟是一种丰满圆润的状态，是一个人智慧的顶峰，是一个人阅尽人间沧桑后的一种大度、从容。

◎ 成熟是一种迷人的美，它与世故格格不入。

阅读心语

世故的人喜欢混迹于权贵和金钱的阴影里，故而这种人很难交到真正的朋友，亦难体会到人生的真正价值。成熟是一种丰满圆润的状态，是一个人历经沧桑后的收获，也是人生的一个相对稳定的理想境界。所以后者更让人们值得去追求。

（魏晓静）

细腻的情感

［苏］苏霍姆林斯基

每个年轻人最主要的是要记住，不要用粗野的情感，如喊叫、暴躁、凶狠来填补思想上的空虚。在人的心灵深处，在潜意识里隐藏着一种本能——动物的恐惧心理、凶恶和残忍。一个人越是缺少文化修养，缺少智力和美感，这些本能就会表现得越频繁，令人感到粗暴无礼。当一个人无法更好地证明自己正确时，他或者直截了当地说，没有什么需要进一步证明的了（一般来说，情感丰富、举止文明的人是这样），或者喊叫起来，用“本能的反抗”来填补思想上的贫乏，要爱惜不管是自己的还是别人的神经系统和情感，要记住，对人类来说，如同需要空气一样，需要细腻的情感。而思想的细腻、智力的丰富，是优雅情感的源泉。情感可以使思想高尚，但是，真正的人的情感不能离开思想而存在。情感来自思想，思想滋润情感，情感寓于思想之中。丰富的思想使人成为人的精神世界中的独立力量，它会使人的行为高尚。

如何培养细腻的情感呢？首先，任何时候都不能忘记，你生活在人们之中，任何时候都不能忘记，同你一起劳动的人都有自己的忧虑、牵挂、思想和感受。要学会尊重每个同你一起生活和劳动的人，这是人的最大技能。细腻的情感，只有在集体中，只有在同你周围的人们不断的精神交流中才能培养起来。

没有比在充满智慧和美感的亲密友谊中能更好地磨砺和锤炼情感了，要在友谊中培养自己的情感，友谊将帮助你培养对周围每个人所特有本性的细腻情感。

但是，能使人精神丰富，帮助人战胜本能和发展人所特有的本性的真正友谊需要什么呢？需要你个人精神的丰富，只有当你给你的朋友以某种帮助时，你的精神才能变得丰富起来。不能奢望在建立一个新的集体之后才仅仅几个月就能结识新的朋友，但是真正的友谊终究会建立起来的，你将同他们交流自己的思想、情感、快乐和悲伤。

要珍惜你的情感和培养你的情感。要记住，我们这个时代的人。对来自周围世界的影响，一天一天变得更加敏感。

佳句回味

◎ 每个年轻人最主要的是要记住，不要用粗野的情感，如喊叫、暴躁、凶狠来填补思想上的空虚。

◎ 没有比在充满智慧和美感的亲密友谊中能更好地磨砺和锤炼情感了，要在友谊中培养自己的情感，友谊将帮助你培养对周围每个人所特有本性的细腻情感。

◎ 要记住，对人类来说，如同需要空气一样，需要细腻的情感。

阅读心语

一个人，一个真正意义上的人，不但有思想，更有着细腻的情感！

情感在友谊中培养。至今，悠悠深涧依然流淌着《高山流水》的动人琴韵，大漠古道还在吟诵着“西出阳关无故人”的回肠清音……

用心去寻找友谊吧！友谊将帮助你培养对周围每个人所特有的细腻情感！

（赵国栋）

生命的养料

明飞龙

一个小男孩几乎认为自己是世界上最不幸的孩子，因为患脊髓灰质炎而留下了瘸腿和参差不齐且突出的牙齿。他很少与同学们游戏或玩耍，老师叫他回答问题时，他也总是低着头一言不发。

在一个平常的春天，小男孩的父亲从邻居家讨了一些树苗，他想把它们栽在房前。他叫他的孩子们每人栽一棵。父亲对孩子们说，谁栽的树苗长得最好，就给谁买一件最喜欢的礼物。小男孩也想得到父亲的礼物，但看到兄妹们蹦蹦跳跳提水浇树的身影，不知怎么地，萌生出一种阴冷的想法：希望自己栽的那棵树早点死去。因此浇过一两次水后，再也没去搭理它。

几天后，小男孩再去看他种的那棵树时，惊奇地发现它不仅没有枯萎，而且还长出了几片新叶子，与兄妹们种的树相比，显得更嫩绿，更有生气。父亲兑现了他的诺言，为小男孩买了一件他最喜欢的礼物，并对他说，从他栽的树来看，他长大后一定能成为一名出色的植物学家。

从那以后，小男孩慢慢变得乐观向上起来。

一天晚上，小男孩躺在床上睡不着，看着窗外那明亮皎洁的月光，忽然想起生物老师曾说过的话：植物一般都在晚上生长，何不去看看自己种的那棵小树。当他轻手轻脚来到院子里时，却看见父亲用勺子在向自己栽种的那棵树下泼洒着什么。顿时，他明白了一切，原来父亲一直在偷偷地为自己栽种的那棵小树施肥！他返回房间，任凭泪水肆意地奔流……

几十年过去了，那瘸腿的小男孩虽然没有成为一名植物学家，但他却成为了美国总统，他的名字叫富兰克林·罗斯福。

爱是生命中最好的养料，哪怕只是一勺清水，也能使生命之树茁壮成长。也许那树是那样的平凡、不起眼；也许那树是如此的瘦小，甚至还有些枯萎，但只要有这养料的浇灌，它就能长得枝繁叶茂，甚至长成参天大树。

佳句回味

◎ 爱是生命中最好的养料，哪怕只是一勺清水，也能使生命之树茁壮成长。

◎ 也许那树是那样的平凡、不起眼；也许那树是如此的瘦小，甚至还有些枯萎，但只要有这养料的浇灌，它就能长得枝繁叶茂，甚至长成参天大树。

阅读心语

小男孩因为肢体缺陷而缺乏自信，更确切地说他甚至是被自卑的阴影笼罩着。而父亲的“随风潜入夜，润物细无声”，让他找回了差点丢失的自信，也让他明白，父亲的这种教育，本质就是爱。

英国著名学者勃朗宁说过这样一句话：“把爱拿走，我们的地球就变成一座坟墓！”当我们尚未成熟的时候，我们会遇到许许多多可知或不可知的困难，但是坎坷和泥泞却不足以使我们前行的步履停滞，因为在驶向生命彼岸的过程中，爱始终不曾离去。

（宋玉发）

心花开啦

鲍尔吉·原野

心花是多么好的一个词，向它的创造者致敬。

心花遮蔽在我们的心里，人们一辈子也看不到自己的心脏。

但是说到“心”这个词，人人都会尊重、欣喜、珍惜，因为它是心。翻看字典，以“心”作词头词尾的词比沙子还多：心理、心情、爱心、耐心……我们因袭着不发达时代的观念：心的存在代表生命的存在。

什么时候心花开了，才是真正的宁静和幸福。宁静和幸福是人生的极致，否则心花不开。这是一种细微、真实的生命体验，即知愉悦之上的平静才意味心花的开放。

身体和神志都在舒缓张开，所有的紧张消失，感觉在心的地方有枝叶伸展，心胸为之扩展，神色为之清净。此时，心花开啦。

心花一开，便打开了所有思绪的锁。或者说，用一把钥匙打开了全世界的锁。有没有这样的奇迹？当然有，一如心花在开。

心花开时人就聪明。许多羁绊原本是人自己设立的，而心花开放，心灵撤防，便天下无事。天下原本无事，羁绊放走之后，一切归于太平。

心花和花一样，娇嫩，沾露传香。它需要空间，像音乐那样一小节一小节地释放，像花瓣那样一小片一小片地展开，慢，但优雅，性喜条达。条达则舒畅，疏可走马。

心花戒躁，许多世间事都为躁字所败；心花畏强，强者害人害己，尤害心花。心花恒怨，人生第一不可怨天，第二不能尤人，怨尤嫉生，心花不开，如李白讲“使我不得开心颜”；忌傲，傲慢人脸上开的是肝花，盛于气，灼于目，肝火上炎，煎熬心血，蒸发肾水，一副很难受的样子，别人全跟着难受。

心花开放的人从表情上看得出：自然、满足，不强求于人，不委蛇于己；谦和着、享受着，进退宽和。

心花开的时候，心大了，世界也大了。

佳句回味

◎ 什么时候心花开了，才是真正的宁静和幸福。

◎ 心花开的时候，心大了，世界也大了。

阅读心语

心花在什么时候才能绽放呢？并不是随时随地、任何人都可以看得到它的绽放之美，它需要空间，它戒躁、畏强、恒怨、忌傲，只有当你的心灵趋于平和、宽容、满足的时候，你方能收获心花怒放的美丽。

（张安全）

“心”是什么

毕淑敏

记得我小时候第一次学到“心”这个字的时候，老师说，“心”是一把铁勺子，正在炒几颗豆。豆子会蹦啊，最后两颗豆子掉在了“心”外，只有一颗幸运豆留在了勺里。我至今感谢这位老师，把个“心”字说得这般诱人，不单使当初蒙昧的我，一下子就学会了写这个字，终身不曾忘记和写错它，而且常常忆起铁勺这个有趣的意象。

铁勺的容量是有限的，在万千纷常的日子里，人心就是一把锈迹斑斑的铁勺。

因为有锈，所以要常常擦拭。我们的心会被各式各样含酸带碱的风雨浸淫，会被蛀出缝隙和生长阴霾。天气晴朗时，在阳光下晒晒心情，锈就会悄然遁去。

每个人只有一把铁勺，每个人一生却要遭遇到很多豆子。勺子承载的分量是有限的，不可以在勺子里灌注太多的水。哪怕水是掺了蜜糖的，也要有节制。中医有句箴言，叫作“大喜伤心”，说的就是过量的伤害。为了尊重这把勺子，我们要仔细地甄别放入勺子里的物件的数量。空无一物的勺子令人伤感，不堪重负被挤爆了的勺子也是悲剧。

然而再精明的甄选，也还是有一些我们不喜欢的豆子进入勺子。那可怎么办呢？有一个好法子，就是——炒。

炒我们的心事，把它们加热，把它们晾晒，在这个过程中，翻来覆去的斟酌，你是保存勺子还是姑息豆子？为了勺子的安宁，你要立决。思考不但指时间和力量，同时标志着抽刀断水的决绝。结果就是只留下那些最重要的豆子，而把其他的豆子扬出我们的视线。

这个程序想来是快乐的，其实却充满了艰难和痛苦，每一颗豆子都不是无缘无故进入铁勺的，它们必和情感与理智有着千丝万缕的枝蔓。甚至那些我们十分嫌恶的瘪豆子，被虫蛀过的病豆子，也在长久的摩挲和掂量中，融入了我们的体温，产生了割舍不下的惯性和依恋。然而，还是要“放下”，此刻需要的不仅是聪明，还有一往无前的勇敢了。

把废豆子驱逐出铁勺，心就宽敞了，铁勺恢复了洁净与轻盈。新的豆子仿佛新的客人，姗姗来临。对于你的心事，你可不要忘了甄选和款待。

佳句回味

◎“心”是一把铁勺子，正在炒几颗豆。豆子会蹦啊，最后两颗豆子掉在了“心”外，只有一颗幸运豆留在了勺里。

◎ 每个人只有一把铁勺，每个人一生却要遭遇到很多豆子。

阅读心语

心的勺子炒的豆子多了，人就会变得浮躁。浮躁，是当今社会流行的病症，在当人们心态普遍浮躁、无聊甚至是低俗的情况下，我们怎么获得心灵的平静呢？那就是要保持一颗宁静的心，追求真正有意义的人生。

我们需要平静，更需要平静的力量。平静不是麻木，平静意味着严谨与科学，意味着成熟与理性。很多时候，或者是对一生来说吧，我们不仅仅是要活出“人样儿”来，还要活出“人味儿”来。平静，让人们高贵，让人们自信。

“宁静以致远”。宁静的时候才能拥有高尚，才能拥有灵感，才能拥有创造，才能拥有未来。老是和一个小圈子里的人攀比，老是在一件小事上较劲，这样的价值取向其实等于在人生还没有舒展开来的时候就给它打了个死扣。我们要努力在多元的世态面前保持一种平静的心态，多一些理想的升华，多一些人性的追求，多一些境界的提升，多一些情感的体验，最终造一颗平静的、感性的和理性并蓄的心灵，是多么重要和弥足珍贵！

（王云峰）

秘密花园

李　耕

一个星期前，卡罗琳打电话过来，说山顶上有人种了水仙，执意要我去看看。此刻我正在途中，勉勉强强地赶着那两个小时的路程。

通往山顶的路上不但刮着风，而且还被雾封锁着，我小心翼翼，慢慢地将车开到了卡罗琳的家里。

“我是一步也不肯走了！”我宣布，“我留在这儿吃饭，只等雾一散开，马上打道回府。”“可是我需要你帮忙。将我捎到车库里，让我把车开出来好吗？”卡罗琳说，“至少这些我们做得到吧？”

“离这儿多远？”我谨慎地问。

“3 分钟左右，”她回答我，“我来开车吧！我已经习惯了。”

10 分钟以后还没有到，我焦急地望着她：“我想你刚才是说 3 分钟就可以到。”

她咧嘴笑了：“我们绕了点弯路。”

我们已经回到了山路上，顶着像厚厚面纱似的浓雾。值得这么做吗？我想。

到达一座小小的石筑的教堂后，我们穿过它旁边的一个小停车场，沿着一条小道继续行进，雾气散去了一些，透出灰白而带着湿气的阳光。

这是一条铺满了厚厚的老松针的小道。茂密的常青树罩在我们上空，右边是一片很陡的斜坡。渐渐地，这地方的平和宁静抚慰了我的情绪。突然，在转过一个弯后，我吃惊得喘不过气来。

就在我的眼前，就在这座山顶上，就在这一片沟壑和树林灌木间，有好几英亩的水仙花：各色各样的黄花怒放着，从象牙般的浅黄到柠檬般的深黄，漫山遍野地铺盖着，像一块美丽的地毯，一块燃烧着的地毯。

是不是太阳倾倒了？如小溪般将金子漏在山坡上？在这令人迷醉的黄色的正中间，是一片紫色的风信子，如瀑布倾泻其中。一条小径穿越花海，小径两旁是成排的珊瑚色的郁金香。仿佛这一切还不够美丽似的，倏忽有一两只蓝鸟掠过花丛，或在花丛间嬉戏，它们品红色的胸脯和宝蓝色的翅膀，就像闪动着的宝石。

一大堆的疑问涌上我的脑海：是谁创造了这么美丽的景色和这样一座完美的花园？为什么？为什么在这样的地方？在这个荒无人烟的地带？这座花园是怎么建成的？走进花园的中心，有一栋小屋，我们看见了一行字：我知道您要什么，这儿是给您的回答。

第一个回答是：一位妇女——两只手，两只脚和一点点想法。第二个回答是：一点点时间。第三个回答：开始于 1958 年。

回家的途中，我沉默不语。我震撼于刚刚所见的一切，几乎无法说话。“她改变了世界。”最后，我说道，“她几乎在 40 年前就开始了，这些年里每天只做一点点。因为她每天一点点不停的努力，这个世界便永远地变美丽了。想象一下，如果我以前早有一个理想，早就开始努力，只需要在过去每年里每天做一点点，那我现在可以达到怎样的一个目标呢?”女儿卡罗琳在我身旁看着,笑了:“明天就开始吧。当然,今天开始最好不过。”

佳句回味

◎ 如果我以前早有一个理想,早就开始努力,只需要在过去每年里每天做一点点,那我现在可以达到怎样的一个目标呢?

阅读心语

一位妇女,两只手,两只脚,和一点点想法。世界就这样被改变了。

很多人都曾拥有美好的梦想,也都曾为了梦想而努力过,但是其中的很多人在实现梦想的途中放弃了,他们发现靠近梦想的步伐那么缓慢,他们失望了,焦躁了,他们开始怀疑自己,信念轰然倒塌。只有其中的一小部分人,他们继续坚持着,一步一步,缓慢而坚定。终于有一天,“世界永远地变美丽了”。

改变世界原来并不难,只需要两只手,两只脚,和一点点想法,当然还有一步一个脚印的坚持。

(王刚)

窗外的风景

陈 娟

有可能的话,我要成为一只青蛙,寻找一口古井,看自己喜欢的天空。

但我终究成不了青蛙,也没有这么一口中意的古井。于是,我爱上了东边靠山的那个窗台,爱上了窗外的那片风景。

窗外,是一座小小的竹山,很端正,很温顺地坐在那里,山上竹枝摇曳,为端庄娴静的她添了几分妩媚,撩人心扉。记得还在这房子刚奠基时,我曾以设计师的姿态,满怀憧憬地对爸爸说："我要靠竹山的那间房，把楠竹的枝条用线牵到我的窗前成为窗帘，一定很美！"我也记得爸爸当时是答应了我，把这竹叶窗帘编制好的，可直到现在我还没有。看着爸爸终日早出晚归的疲惫身影，我决定不再开口。只是在梦里，我会听到窗前竹叶"沙沙"的低语声。

东山窗外微风起，沙沙低语入梦来。

东窗外的风景是宁静的，不像客厅的窗外常有呼啸而过的吵得烦人的汽车。它总是让我年轻而浮躁的心归于平静，细听后山泉水"丁咚"的旋律，凝望空中小昆虫无忧地起舞，有时还能欣赏到雨儿来访时，用玻璃做鼓敲出的不知名的曲子。

在这个春暖花开的日子里，我总是推开玻璃，让房间里弥漫大自然的气息。妈妈说这个时节到处有小虫子，不要乱开门窗。我听了，反而高兴地拍手道："正好！我要看蝴蝶跳舞，让小昆虫陪我睡觉！"一天，我整理衣物时发现衣服上有一只蠢蠢欲动的毛毛虫，立即毛骨悚然，吓得"哇哇"大叫。妈妈一头雾水跑上楼来，看到我的狼狈样，又看到毛毛虫，无奈地说："你呀，就只适合生活在幻想里。"

生活在幻想里？要真是如此就好了，矛盾的我在现实与幻想的边缘徘徊，在爱与痛的边缘挣扎。

在没有星星的夜里，我一个人静静地坐在窗前，望着窗外漆黑的夜幕，它像一个无底的深渊，神秘而可怕，我知道这个时候，时光正舞动它的翅膀，在这不为人知的时候飞速溜走。昨天我还沉浸在对萧条冬天的感伤里，今日已是草长莺飞了。明天呢？我说不准。时光是个神秘而又狡猾的家伙。

闲时，我总趴在窗前，依旧幻想我的竹叶窗帘和美丽的蝴蝶，还傻傻地想在我生日那天，好友送我一千零一只纸鹤，然后我把它们一只只挂在窗前，会是一个很漂亮的"纸鹤窗帘"吧。起风的时候，它们翩翩起舞，和着风铃清脆的旋律。

我真想一辈子都留在这个令我神往的地方，永远永远也不离开。可老妈就不高兴了，轻轻地数落我："看你，老窝在家里，像只井底的青蛙，出去走走，透透气呀。"呵呵，终于有人说我像青蛙了，真是知女莫若母呀，连我想成为青蛙的梦想都知道。

外面有什么好呢？灰尘、噪声，叫人烦躁呀！只有这个属于我的窗口及窗外的风景，才是我心灵的驻地，虽很小，但很美。

佳句回味

◎ 外面有什么好呢？灰尘、噪声，叫人烦躁呀！只有这个属于我的窗口及窗外的风景，才是我心灵的驻地，虽很小，但很美。

阅读心语

城市的人们也许都有一种这样的渴望：远离城市的喧嚣，轻松地去体验乡村的宁静，呼吸山中清新的空气，凝望乡野宁静的风景，回忆儿时的童真与快乐，遗忘城市给我们的压力与烦恼。

城市给了我们什么？高楼大厦、交通工具、喧嚣、拥挤、欲望、刺激、追求、时尚、美食、靓裳等等。城市像一口大染缸，只有染成异类，不会变成纯类。虽然城市有积极的一面，它带来了先进的生产方法，前卫的生活模式，精致的生活品味，是主流生活的象征和引导者。但同时，也给了我们一种完全不同于前人的生活，我们都被束缚着，被城市束缚，被城市中的人们束缚着，唯有努力拼搏才能喘息。

但是，离开城市，选择遗忘，何尝不是另外一种解脱呢？

（刘燕）

后 记

为了让更多的年青人分享这个时代最为精彩的精神食粮，我们参阅了大量当代著述与期刊，终于将这一篇篇如珍珠一样闪闪发光的文章从浩瀚的文海中选编出来，呈现到读者面前。

为编好本书，我们与收入本书作品的作者进行了广泛的联系，并取得了不少作者的大力支持，在此我们再一次向他们表示感谢！但是，由于一些作者的姓名、地址不详，我们尚未联系上。故诚请各位作者尽快与我们联系，以便支付为您预留的稿酬。

同时，也欢迎广大读者、作者能将自己喜欢的优秀短文推荐给我们，并对本书中存在的错误与不足进行批评指正，以期日臻完善，以飨读者。

经出版合同约定，本丛书选编作品的一切著作权事宜，由选编方负全责！

地　址：北京市朝阳区东北四环甲 9 号方舟苑 1＃1607
联系人：白辛农
邮　箱：ydmi01@163.com
邮　编：100102